生を尽くす

樫野紀元［著］

悠雲舎

「大国主命といなばの白兎」
作　樫野京薫
（東京水引芸術学院正教授）

はじめに

100万人の人がいたら100万通りの人生があります。姿形や性格、価値観その他、まさに人それぞれです。でも、その100万人に共通するものがあります。

それは、誰もがこの世に生き、自分を輝かせる力、そして豊かな人生を送る力が与えられていることです。

その力を存分に発揮できたら、とても素晴らしいと思いませんか?

そのヒントは、8世紀の初頭に作られた「古事記」に示されています。

えっ！「古事記」って、天照大神《あまてらすおおみかみ》や大国主命《おおくにぬしのみこと》が活躍する神話の本と思っていたけど、「古事記」のどこに、そんなことが載っている?

ちゃんと載っています。本文で「古事記」の神話を解説しますが、そこに語られているやまと言葉の真意を探り、科学の目を入れて読み解くと、そのヒントがしっかり示されていることがわかるのです。

さらに、「古事記」がつくられた時代の人（古代の人）が既に発見していたと思われる宇宙の仕組みや物理の法則を、ようやく今日の科学が解明しつつあることもわかります。

まあ、読んでみてください。

この世はこうつくられている、人はこうつくられている、自分にどのような力が与えられているか、そして、「生を尽くす」とはどのようなことか、をしっかりつかんでいただけると思います。

さらに、自分自身はもとより、日本人が持っている良いものを再発見できるでしょう。お読みいただくだけで、悩みを吹き飛ばし、今すぐできる素敵なことが見つかるでしょう。

何よりも、これまで訳されなかった「古事記」の〝真説〟がわかります。きっと、他の人が知らない、新たな発見があると思いますよ。

ところで、「古事記」には、神様や魂の話がたくさん出てきますが、宗教とは何ら関係はありません。念のため。

目次

はじめに

Ⅰ　これが「古事記」の本当の世界だ！
―１３００年を経て、ようやく明らかになった「古事記」の真実― ……13

まずは「古事記」の世界へご案内いたしましょう。各章、筆者による訳を《　》に載せています。

１章　宇宙の創生
―古代の人が語る、〝ビッグバンはこうして起こった〟―　14

２章　宇宙の気
―宇宙にみなぎるエネルギー―　20

3章　先遣
—人が困らないよう、衣、食、住を準備— 25

4章　列島誕生
—日本列島は海底火山の噴火によってつくられた— 28

5章　つくり固め
—与えられたミッション— 36

6章　黄泉《よみ》の国《くに》
—穢《けが》れは、心の汚れから— 38

7章　禊《みそぎ》
—清らかになりたいと願う一途な想いが穢《けが》れを祓《はら》う— 43

8章　天変地異
——甘えとわがままは、神様がもっとも嫌うもの——　47
9章　隣人愛
——治世の基本は思いやり——　52
10章　迫害
——すべては粒子でできている——　56
11章　試練
——運命は自分がつくるもの！——　61
12章　人類の祖
——人は宇宙の神様の分霊《わけひ》——　65

Ⅱ　そもそも「古事記」は、こうして作られた……71
1章　編纂を命じた天武天皇って、どんな人？
—宇宙が大好き、日本で初めて天文台を作った—　72
2章「古事記」は昔話の極
—古い話を総動員。海外の話、儒教や仏教の教えも入っている—　76
3章　どうやって読み解く？
—本居宣長も間違えた！　誤訳が生じるわけ—　80
Ⅲ　「古事記」でわかる、こんなこと！
—この世はこうつくられている。人はこうつくられている。
そして、私たちに用意されているもの—……83

1章　この世はこうつくられている
——神様がつくった壮大な仕掛けの中で、私たちは生かされている——　84
（1）すべては相反する二つを合わせもっている
——〝宇宙の創世〟（Ⅰ——1章）、〝宇宙の気〟（Ⅰ——2章）、〝先遣〟（Ⅰ——3章）より　84
（2）すべては宇宙と相似象
——〝宇宙の気〟（Ⅰ——2章）、〝列島誕生〟（Ⅰ——4章）より　86
（3）「5対95則」
——〝宇宙の気〟（Ⅰ——2章）、〝迫害〟（Ⅰ——10章）より　89
（4）私たちは無数の波動の中にいる
——〝宇宙の気〟（Ⅰ——2章）、〝迫害〟（Ⅰ——10章）より　91
（5）すべてのものに意思がある
——〝つくり固め〟（Ⅰ——5章）、〝人類の祖〟（Ⅰ——12章）より　93

２章　人はこうつくられている
――人にはパソコンが付いている？　そのパソコンの中には、一体何が入っている？　今明かされる、人の本体！――　96

（１）人に付けられたパソコン
――〝先遣〟（Ｉ―３章）、〝人類の祖〟（Ｉ―12章）より　96
（２）身体は宇宙の一部。遺伝子が伝えるもの
――〝列島誕生〟（Ｉ―４章）より　100
（３）本体にインストールされるもの
――〝先遣〟（Ｉ―３章）、〝人類の祖〟（Ｉ―12章）より　103
（４）インプット情報
――〝先遣〟（Ｉ―３章）、〝列島誕生〟（Ｉ―４章）、〝人類の祖〟（Ｉ―12章）より　111
（５）ログイン、ログアウト
――〝迫害〟（Ｉ―10章）、〝人類の祖〟（Ｉ―12章）より　114

３章　私たちに用意されているもの
―私たちが存分に活躍できるよう、神様が用意してくれたもの―　116
（１）心と身体を動かすエネルギー
―〝宇宙の気〟（Ｉ―２章）、〝迫害〟（Ｉ―10章）より　116
（２）潜在力を引き出す力
―〝列島誕生〟（Ｉ―４章）より　118
（３）成功をもたらす救いの手
―〝列島誕生〟（Ｉ―４章）より　120
（４）神様との通信チャンネル
―〝禊〟（Ｉ―７章）より　123

Ⅳ　人生に活かす「古事記」
―生を尽くす〝7つの知恵〟―　127
1章　活かそう「5対95則」！
―ここ一番のとき、パワーを全開にする秘策―　128
2章　邪念を逆手に取る！
―モチベーションのもとはマイナス要因の中にある―　134
3章　内面から輝こう！
―オーラは想念の持ち方一つで変わる―　136
4章　まずは自立しよう！
―自己紹介で話すこと―　139

5章　運は自分で切り開こう！
——人の将来は宇宙の神様もわからない——　145

6章　いいホルモンを出して長生きしよう！
——愛の本質を知れば、すべてがハッピーになる——　148

7章　持ち味を活かそう！
——喜べ、それが私たちに与えられた使命——　153

おわりに

〈参考文献〉

Ⅰ　これが「古事記」の本当の世界だ！

―１３００年を経て、ようやく明らかになった「古事記」の真実―

まずは、「古事記」の世界へご案内いたしましょう。各章、筆者による訳を《　》に載せています。

1章　宇宙の創生

―古代の人が語る、〝ビッグバンはこうして起こった〟―

「古事記」は宇宙の創生のお話から始まります。宇宙の創生から始まるのは、旧約聖書と同じです。

「天地がつくられたとき、高天原《たかあめのはら》に、天之御中主大神《あめのみなかぬしのおおかみ》がお出ましになった。次に、高御産巣日神《たかみむすひのかみ》と神御産巣日神《かむみむすひのかみ》がおみえになった」

お話といっても、このように、いろいろな神様が名前で登場するだけです。今日伝わっている原文ではたった二行しかありません。しかも、それぞれの神様の名前は、舌を噛みそうで、とても読みづらいのです。

とても読みづらいのですが、実は、この〝読み〟が「古事記」を読み解くカギになるのです。この〝読み〟は、実は、大陸から漢字や漢文が入ってくるまで長く使われていた、やまと言葉の発音です。

「古事記」は、やまと言葉で語られたお話を漢字で綴ったものですから、その漢字の〝読み〟のもとになっているやまと言葉の意味を一つ一つ探ることが、「古事記」を読み解くカギになるのです。まさに、暗号を解くようです。でも、そうやって読み解いていくと、わくわくするくらい、いろいろな発見があるのです。

では、最初に登場する神様たちの名前には、一体どのような意味があるのでしょう。このカギによって読み解くと、「古事記」の冒頭では、次が語られていることがわかります。

＊

《宇宙は、宇宙の神様の命により、物質をつくる神様と想念の神様が協力し合って瞬時につくられた》

えっ、物質と想念によって、たちまち宇宙がつくられた？　本当に、そんなお話なの？

★

まず、一番初めに登場する天之御中主大神（あめのみなかぬしのおおかみ）から、その名前に込められた意味を探ってみましょう。

あめ（天）は宇宙全体を表します。み（御）は尊重すべき、または平和に治めるという意味があります。なか（中）は、真ん中です。ぬし（主）はあるじの意味です。つまり、この神様は、宇宙の中心にいる宇宙のあるじで、もっとも偉大な大神様、というわけです。
この大神様は、古伝によれば、天御祖神（あめみおやかみ）です。おや（祖）はすべてのものをつくり出す王、または、すべてのことを始める王という意味です。
ちなみに、古い言い伝えや記録を古伝といいます。ここでいう古伝は、古神道のもととも
されるヲシテ文献の秀真伝（縄文時代からの真に秀でたものの伝承）やフトマニ図（宇宙の最高神を中心に神々が配置されている図）などを解説した古い書のことです。

★

この神様は、ギリシャ神話のゼウスやローマ神話のジュピター、キリスト教のデウス、仏教の大日如来や毘盧遮那仏《びるしゃなぶつ》のように、すべてをつくり出し、そのすべてを治める、オールマイティの最高神をいうのです。本書では、この神様を宇宙の神様と称することにいたします。

★

次に登場する高御産巣日神（たかみむすひのかみ）と神御産巣日神（かむみむすひのかみ）は、宇宙の神様を補佐する2柱の神様です。では、その2柱の神様の名前に込められた意味を探ってみましょう。念のためですが、神様はとても尊いので1柱《ひとはしら》、2柱《ふたはしら》と

数えます。

高御産巣日神は、古伝によれば天並神（あなみかみ）です。なみ（並）は、もともとは、二つのものが合わさって目に見える物質をつくる、という意味です。また、名前の先頭にある、たか（高）は敬意を表す言葉です。つまり、この神様は、尊敬すべき物質の神様という意味なのです。

★

そして、神御産巣日神（かむみむすひのかみ）は、古伝によれば天元神（あもとかみ）です。もと（元）は大きな力のもと、という意味です。そして古代の人は、その大きな力のもとは想念である、としていました。〝一念岩をも通す〟というくらい、想念には大きな力がある、と考えられていたのです。つまり、この神様は目に見えない想念の神様という意味なのです。

★

参考までにですが、今日、想念に関する研究がいろいろと行われています。サイコサイバネティクス（神経や脳の生理機能と機械の制御工学とを総合した学問体系）や医療の分野では、頭の中で想うとおりに、自在に動く義肢などが開発されています。

想念を読み取る装置（ＢＭＩ―ブレイン・マシン・インターフェイス）も開発されています。この装置は、人が頭の中で想うだけで、スイッチのオン・オフなどの操作ができるのです。

機械だけではありません。生物も人の想念をキャッチすることが確かめられています。ウソ発見器を取り付けた木に、燃やすぞという想念を送ると、木は必ず、それを嫌がる反応を示すといいます。また、水の結晶を撮影する技術が開発されていますが、水に対して、ありがとう、と感謝の念を送ると結晶は美しい形を保ち、こらっ、などと怒りの念を送ると結晶は大きくゆがむなど、生物だけでなく水のような物質も、人の想念に反応することが確かめられています。

★

さて、高御産巣日神《たかみむすひのかみ》と神御産巣日神《かむみむすひのかみ》には、どちらも、むすひ、という言葉が入っています。むすひ、には新しいものをつくり出す、生み出す、の意味があります。産巣日の字が当てられていますが、もとは、産霊《むすひ》と書いていました。ひ（霊）はすべての生命のもと、魂を表します。

★

ちなみに、「古事記」の時代より数千年以上も前から、宇宙は物質と想念が掛け合わさって瞬時につくられた、という言い伝えがありました。この言い伝えは、記号のような文字で綴られたカタカムナの記録に詳しく載っています。この記録には、自然界に存在するものはすべて粒子でつくられているという記述もあります。カタカムナの字の意味を探ると、カタは物質をつくる最小の物質（粒子）のことであり、カムは想念の神様をいい、ナは、まとめる、の意味があります。

★

他方、今日の科学では、137億年ほど前に、目に見えないくらい小さな物質（微粒子）がビッグバン（超膨張）によって、ごく短い時間（最長3分ほど）で、広大な宇宙ができたとされています。一説によると、その大きさは、端までがおよそ465億光年もあるとされています。

しかし、専門家の間では、物質の瞬間的な膨張だけで、この広大な宇宙ができたとは考えにくく、そこには、何らかの他の要素があったとする説もあります。まだ科学的に明らかにはされていませんが、その何らかの要素は想念かもしれません。

★

ところで、神様が居るところを高天原といいます。高天原を、タカアメノハラと読むか、タカアマガハラ（略してタカマガハラ）と読むかで、意味は大きく異なります。アメ、は広大な宇宙全体を表す言葉です。逆に、これ以上分解できない極小の粒子もアメといいます。一方、アマは太陽系を表す言葉です。つまり、高天原をタカアメノハラと読むときは大宇宙を表し、タカマガハラと読むときは太陽系を表すのです。天之御中主大神《あめのみなかぬしのおおかみ》は、宇宙の神様なので、天をアメと読みます。後でお話しする天照大神《あまてらすおおみかみ》は太陽系をつかさどる神様なので、天をアマと読むのです。

2章　宇宙の気
―宇宙にみなぎるエネルギー―

さらに宇宙のお話が続きます。

「世界がまだ固まっておらず、ふわふわの状態であったとき、葦《あし》が芽をふくように勢いがよい神様、宇摩志阿斯訶備比古遅神《うましあしかびひこぢのかみ》が現れた。そして天之常立神《あめのとこたちのかみ》が現れた。さらに、国之常立神《くにのとこたちのかみ》、豊雲野神《とよくもぬのかみ》が現れた」

ここでも読みづらい名前の神様が次々に登場します。それぞれの神様の名前に込められた意味を探ると、これは次のようなお話であることがわかります。

＊

《宇宙がまだ混沌としていたとき、まず、宇宙の気の神様がそこにエネルギーを供給した。また、いくつかの銀河系をたばね、それをつかさどる神様、個々の銀河をつかさどる神様、そして太陽系など恒星系をつかさどる神様が登場し、宇宙に秩序をもたらした》

では、登場する神様の名前を順にみていきましょう。

★

まずは、宇麻志阿斯訶備比古遅神（うましあしかびひこぢのかみ）ですが、ずいぶん長い名前です。

名前の先頭の、うまし（宇麻志）は尊い、とても大切な、を表す接頭語です。この神様はとても重要な神様ですよ、と強調しているのです。おまけに、この神様は、阿斯訶備神（あしかびのかみ）と比古遅神（ひこぢのかみ）の2柱の神様が合わさって、1柱の神様になっているのです。

あしかび（阿斯訶備）は葦牙（あしかび）の当て字で、一般の植物よりも勢いよく成長する葦の若芽をいいます。この神様は、宇宙に充満する生命を養うエネルギー、すなわち宇宙の気の神様です。

古代の人は、目には見えないが、ときおり身の回りに感じられる気（気配）は、果てしなく広がる宇宙空間にもあると悟っていたのでしょう。そして、この気は、私たちの活動のもとになるエネルギーである、と考えていたようです。

また、ひこぢ（比古遅）は、古伝によれば宇宙の気を宇宙空間の隅々に拡げる力のことです。同時に、宇宙の気を引き寄せる力という意味もあります。アメが極大と極小の相反する意味をもつように、ひこぢは、拡げる力と引き寄せる力の相反する二つの意味を持っているのです。

★

さて今日、宇宙空間は、恒星や惑星、衛星、彗星、星雲など目に見える物質が合わせて約5パーセント、宇宙空間の残りの約95パーセントは、目に見えないダークエネルギー（約70パーセント）とダークマター（約25パーセント）である、とされています。

ダークエネルギーには宇宙の隅々にエネルギーを広く行き渡らせる力があり、ダークマターは天体をつなぎ留める（引き寄せる）力があるとされています。私たちがいる太陽系は、秒速２４０キロメートルほどで銀河系の中を動いているそうですが、太陽系が銀河系から飛び出さないよう、つなぎ留めているのがダークマターということです。

ひこぢは、この両者の働きを合わせ持っていることを表しています。こうしてみると、古代の人の命名には、本当に驚かされます。

古代の人は、「高天原（たかあめがはら）には隙間なく気が満ちている」としていました。名前が長いこの神様は、宇宙の気を私たちがいるこの世にも行き渡らせ、それを途絶えることなく供給する、とても重要な神様という意味なのです。

★

続いて、天之常立神（あめのとこたちのかみ）が登場します。古伝によれば、この神様はいくつかの銀河系をたばね、それをつかさどる神様です。とこたち（常立）は銀河系を表す言葉なのです。

その次の国之常立神（くにのとこたちのかみ）は、個々の銀河をつかさどる神様です。くに（国）は、そもそも、ある範囲に区切る、という意味ですから、国之常立は、宇宙の中の銀河一つに区切って、という意味なのです。

さらに、豊雲野神（とよくもぬのかみ）は、星雲や太陽系など恒星系をつかさどる神様です。とよくも（豊雲）は星雲を表し、ぬ（野）は広大な、の意味です。

今日の科学では、大きな天体は寿命がくると超新星爆発によって星雲になり、太陽などの恒星は寿命がくると、白色矮星という小さな星と惑星状星雲になる、としています。この神様は、まさに星雲や恒星の神様なのです。

★

このように、ここでは、何億もある銀河、個々の銀河、銀河の中にある恒星系、つまり、大きいものから小さいものの順に神様が登場しています。「古事記」のこのお話は、宇宙には、きちんとした秩序があることを示しているのです。それにしても、古代の人の天体観測レベルは相当に高かったことがうかがえます。

★

ところで、先史時代から人は勾玉（まがたま）を身に付けていました。勾玉は、上が太く下が細いアルファベットのＣの形（逆Ｃの形）をしています。勾玉の太い部分は宇宙全体を示すアメ、先端は極小のアメを表しているのです。

広い宇宙空間に一つ一つ小さな星が散らばっている、その宇宙を象徴するのが勾玉なのです。遠い昔から人は、勾玉を身に付けることによって、宇宙との一体感を得ていたのではないでしょうか。

3章 先遣
――人が困らないよう、衣・食・住を準備――

宇宙のお話から一転して、次は、私たちの身のまわりのものに関するお話になります。

ここに登場するのは、いずれも妹背《いもせ》の神、すなわち夫婦の神様です。

「宇比地邇神《うひぢにのかみ》と須比智邇神《すひぢにのかみ》、角杙神《つのぐいのかみ》と活杙神《いくぐいのかみ》、意富斗能地神《おおとのぢのかみ》と大斗乃弁神《おおとのべのかみ》、計3組の夫婦の神様が登場した。

そして、美しい男女をつくる於母陀流神《おもだるのかみ》と阿夜訶志古泥神《あやかしこねのかみ》、1組の夫婦の神様が登場した」

相変わらず、難しい名前の神様が次々に登場するだけですが、この意味は次のようです。

＊

《人がこの世に誕生したとき生活に困らないよう、土地をつくる神様、木や作物を育てる神様、そして住まいの神様、計３組の夫婦の神様が派遣された。そして、人の姿形の神様と意識の神様が派遣された》

では、例によって、神様の名前を読み解いていきましょう。

★

最初の妹背の神（夫婦の神）には、うひぢに（宇比地邇）とすひぢに（須比智邇）という名前が付けられています。これらはともに、よい土地を造るという意味があります。つまり、この夫婦の神は、土地の神様です。

次は、つのぐい、いくぐいの神様です。つのぐい（角杙）の、つの（角）は植物の種から芽が出るさまを表し、くい（杙）は植物を養う土を表します。つの、くい、を合わせると、さまざまな木や作物を育て養うという意味になります。そして、いくぐい（活杙）のいく（活）は、生気（いく）のことです。いく、くい、を合わせると、植物に生命を与え、また再生させるという意味になります。くいに、杙の字が当てられているので、牛をつなぐ杙や建物の杭ととらえられがちですが、そうではありません。この夫婦の神は、木々をはじめ野菜や果物、そして衣類のもとになる綿や麻を育てる神様なのです。

3組目の夫婦の神の名前、おおとのぢ（意富斗能地）とおおとのべ（大斗乃弁）は、ともに、地面の上に木を組んで造る戸建て（こだて）という意味です。つまり、この夫婦の神は住まいの神様です。

★

そして、最後の夫婦の神の名前にある、おもだる（於母陀流）は、古伝によれば面足（おもたる）で、顔や姿形のことです。また、あやかしこね（阿夜訶志古泥）のかしこね（訶志古泥）は、意識のことです。名前の先頭にある、あや（阿夜）は、先ほどの、うましと同じで、とても大切な、を表す接頭語です。あやかしこね、は人にとってとても大切な意識という意味なのです。

つまり、この夫婦の神は、人の顔や姿形と意識の神様です。宇宙の神様は、人は、姿形（物質）と、意識（非物質）の相反する二つを合わせ持つようにしたのですね。

4章　列島誕生
―日本列島は海底火山の噴火によってつくられた―

さて、いよいよ、伊邪那岐命《いざなきのみこと》と伊邪那美命《いざなみのみこと》の登場です。この2柱の神様は、妹背の神の代表です。

伊邪那岐命と伊邪那美命は、さまざまなものをつくり出しました。まず日本列島をつくりました。

「伊邪那岐命と伊邪那美命は、天《あめ》の浮橋に立ち、天《あめ》の沼矛《ぬほこ》を海面にさし入れ、海水をかきまぜて引き上げたところ、その矛《ほこ》の先からしたたり落ちる潮《しお》が積って島になった。これを淤能碁呂島《おのころしま》という」

やまと言葉の真意を探って読み解くと、このお話は次のようになります。

＊

《宇宙の神様の命により、伊邪那岐命と伊邪那美命が天界と地上とをつなぐ通路に立って、宇宙の神様からあずかった宇宙の霊力を海中にさし入れると、海底火山の噴火が起こり、その噴火によって海の中に陸地ができた》

例によって、言葉の意味を順に探っていきましょう。

★

まず、天の浮橋ですが、これは天《あめ》の御柱《みはしら》の別称で、天界と地上とをつなぐ円筒状の霊や魂が通る通路のことです。古伝では、この通路を雲梯《うなで》といっています。同じものなのに、天の浮橋、天の御柱、雲梯、と三通りのいい方があるのですね。伊邪那岐命と伊邪那美命は霊体なので、この通路を通って天界と地上を行き来するのです。

古代の人は、雲の切れ間から陽の光が射し込んだ、柱のように見える太い光線から、この通路を思いついたのかもしれません。

昔から、人は高い塔を建てることを好みました。教会の尖塔や仏塔などは、この例でしょう。高い塔は雲梯を模しているのです。

ちなみに、「古事記」の注釈書（全44巻）を著した、古道（昔から伝わる道徳や精神文化）の研究家、本居宣長《もとおりのりなが》（1730〜1801）は、天の御柱を建造物の柱の意味で訳しました。そのためでしょうか、一般に、天の御柱は建物の柱と解されています。

★

次に出てくる天《あめ》の沼矛《ぬほこ》（以下、ヌホコ）は、古伝によれば、天之零穂凝《あめのぬほこ》で、宇宙の霊力のことです。ぬ（沼）は限りなく大きい、ほ、は生命、こ、は固まる、です。「古事記」では、ほこ、に矛（諸刃の剣に長い柄を付けた武具）の字が当てられているので、ヌホコは、もっぱら大きな武具の意味で解されています。

そもそもヌホコは、何億もある銀河のすべてを動かすとてつもなく大きな霊力です。ここでいうヌホコは、その宇宙規模の大きな霊力を、太陽系の一惑星用に大幅に縮小して光の穂先に集めたものです。

ヌホコを海にさし込むところは、原文では「潮凝穂呂凝穂呂（しおこほろこほろ）に画（か）き鳴（な）して」とあります。しおこほろこほろ、は海中（潮）にヌホコを伝える様を表しています。ろ（呂）は連続して、の意味です。かきなして（画き鳴して）、は海面上を、ここからここまでと筆でなぞるように光の穂先（縮小したヌホコ）を動かし、海面に線状に波が立つさま、を表しています。

そのヌホコが海底深くにあるマグマを励起して海底火山を噴火させ、その噴火によって海上にみるみる陸地ができたとしているのです。

★

参考までにですが、古伝に次の記述があります。

「この地球《ちたま》が初め稚《わか》かりしときは、雲の固まりにて風輪《ふわ》たまなりしに、伊邪那岐命、国狭津雷《くにさっち》を以て火たまとした」

これは、地球は最初ふわふわした丸いガス状であったのを、伊邪那岐命が引力を働かせて、マグマの塊《かたまり》にした、という意味です。

ここに出てくる、くにさつち（国狭津雷）は引力のことです。く、はくくり（収縮）、に、はにぎり（結合）、さ、は分立、つ、は集い、ち、は力、をそれぞれ表します。

この記述によれば、伊邪那岐命が伊邪那美命とともに、国生みにやってくる前に、すでに伊邪那岐命が地球を作っていたことになります。

★

大昔から人は、地球が丸いことを知っていました。その理由は次のようです。

水平線は浜辺から沖にむかって、4～5キロメートルのところに見えます。水平線は、意外に近いところに見えているのです。その証拠に、沖に向かう小舟は、4～5キロメートルほど進むと、水平線の向こう側に隠れてしまい、浜辺から見えなくなります。大きな舟は、さらに数キロ先に進むと見えなくなります。太平洋を渡ってくる船が日本に近づくと、最初に見えるのは富士山のてっぺんです。そして次第に、富士山がはっきり見えるようになり、続いて低い山が見えてきます。

地球が丸くなければ、遠くに行った舟が見えなくなることはありません。また、水平線が丸みを帯びて見えることもないのです。

★

さて、今日の宇宙物理学では、太陽系は約46億年前、太陽を中心に、ガスや小さな天体が円盤状に渦巻く状態であったのが、次第に、それらが部分的にまとまって惑星ができた、としています。

そのうちの一つが地球です。地球は最初、ガスの塊であったところに微惑星などの小さな天体が幾つも衝突合体して灼熱のマグマの球体になり、そこに、だいたい一万年に一度、計何万回も氷の塊の彗星が衝突し、彗星の水分がマグマを覆って水の惑星になった、とされています。その水で覆われた地球の内部深くにあるマグマが噴火によって溶岩となり、海面上に盛り上がって島になった、というわけです。

★

ところで、最初にできた島、おのころじま（淤能碁呂島）は、自凝島（おのころじま）と記していました。海上に噴出した溶岩が自ずと凝（かた）まったので、自凝島なのです。おのころ（自凝）には、自立するという意味もあります。

自凝島は生命発祥の地であるところから、霊《ひ》の元津国《もとつくに》とされました。日本という国名は、霊の元津国の霊（ひ）を日、そして元（もと）を本と当て字したことに拠ります。

★

さて、お話を続けます。「伊邪那岐命と伊邪那美命の間に最初に生まれた子、水蛭子《ひるこ》は、葦の舟に入れて流した」

文章はたったこれだけですが、実は、次の意味が込められています。

＊

《伊邪那岐命と伊邪那美命の間に最初に生まれた子は、生命体の祖《おや》として海の隅々にまで行った》

では、解説いたしましょう。

水蛭子《ひるこ》は、古伝によれば霊流凝（ひるこ）のことです。古代の人は、ひ（霊）は永遠に継承される（る―流）、と考えていました。霊流凝は、そのひ（霊）を捕捉して一つの生命体にした（こ―凝）もので、原生動物を表しているのです。

★

原生動物の代表はアメーバです。アメーバは〝変化するもの〟が原意です。アメーバは近代の言葉ですが、偶然にも、やまと言葉でアメーバは、アメ（最小の粒）が、ハ（若芽―葉）を出す、つまり、もっとも小さいものから最初の生命体が生じる、を意味するのです。その原生動物が、この世の生き物の祖《おや》になった、つまり、ひるこは、藻（ストロマトライト）やプランクトン、そして魚、さらには地上の木々や鳥を誕生させるもとになった、というわけです。

「最初に生まれた子、水蛭子《ひるこ》は、葦の舟に入れて流した」の一文は、とても重要なのです。

★

続いて、「(伊邪那岐命と伊邪那美命は、なかなか望んでいる子ができないので、どうしたらよいか、宇宙の神様に教えを請うたところ) 宇宙の神様は、占い（フトマニ）の結果によって行動せよと命じた」とあります。この意味は次のようです。

＊

《宇宙の神様は伊邪那岐命と伊邪那美命に、天の啓示をよくわきまえて行動せよと命じた》

ここでは、何らかの仕事を遂行するためには、天啓を得ることが大切、と言っているのです。

★

フトマニは太古の昔は、鹿の肩の骨を焼いて吉凶を占う占術のことでした。その後、何百年も経て、「古事記」がつくられた頃は、フトマニは神がかりによってもたらされる天啓や天佑を指す言葉として使われるようになりました。フトマニには、もともと霊示という字が当てられていました。「古事記」では、布斗麻邇が当てられています。

この場面は原文では、「布斗麻邇に卜相て（うらみて）」と書かれています。卜（ぼく）、は察する、相、はよくみる、が原意ですから、この意味は、「与えられた天啓をよくわきまえて」となるのです。

この文章を、「宇宙の神様が占いによって決める」と解する例があります。しかし、占いの結果は宇宙の神様が示すものです。その占いの結果に宇宙の神様がしたがう、というのでは話が合いません。

さて、伊邪那岐命と伊邪那美命は、そのフトマニを得て、互いに協力し合い、淡路島、四国、隠岐島、九州、佐渡島、本州その他の島々（大八州—おおやしま。日本列島）をつくり出した、というわけです。これが〝国生《くにう》み〟です。

★

ちなみに、卜相て（うらみて）、の用例は「古事記」の中巻《なかつまき》にも出てきます。

「第11代垂仁天皇《すいにんてんのう》（この天皇まで、伝承上の天皇とされる）は、慈《いつく》しんで育てた御子が、鬚《ひげ》が胸まで伸びる大人になっても言葉を話さないことを日々憂いていた。ある夜、夢の中で、『自分の住み屋を天皇の御舎《みあらか》のように造り替えれば、汝《なんじ》の子は言葉を話すようになるであろう』というフトマニ（天啓）があった。それを告げたのはどこの神様か卜相《うらみ》たところ、出雲の大神（大国主命）であることがわかった」

5章　つくり固め

―与えられたミッション―

その後、伊邪那岐命と伊邪那美命は、水、樹木、川、山や野、風など自然界の諸々をはじめ、私たちの身の回りにあるもののほとんどを神様として、つくり出しました。食べ物や土器《どき》なども、神様としてつくり出しました。

まさに、八百万（やおよろず）の神をつくり出したのです。

ちなみに、八百万のや（八）は、弥（幾重にも重なる意）に当てた字で、とても多くの、ますます、の意味をもちます。つまり、八百万は、ものすごい数の、を表します。「古事記」には、八雲（幾重にも湧き出ている雲）、八咫鏡《やたのかがみ》（とても大きな銅鏡。咫《あた》は中国周代の長さの単位）など、や（八）を使った言葉が幾度も出てきます。

そもそも宇宙の神様は、伊邪那岐命と伊邪那美命に、あるミッションを与えていました。それは、一言でいうと、次のようなものでした。

「この漂《ただよ》っている国を、しっかりしたものにつくり固めなさい」

＊

《今とても不安定な状態にある地上を、生命を健全に育み、しっかり養える場所にしなさい》

この原文は、「天津神《あめつかみ》諸々の命《みこと》以て、伊邪那岐命と伊邪那美命の２柱の神様に、此の多陀用幣流州《ただよえるくに》を修理固成《つくりかためなせ》と詔《のりこ》ちて」です。

例によって、言葉の意味を探ってみましょう。

あめつかみ（天津神）は天にいる神様、ここでは宇宙の神様をいいます。多陀用幣流は漂《ただよ》えるの当て字で、ゆらいでいて不安定な様《さま》をいいます。くに（州）には、天に対する地、生命を育むところ、の意味があります。

つくりかためなせ（修理固成）は、安定させる、という意味です。のりこちて（詔ちて）は、これが最高位の存在からの司令であることを示しています。

このミッションを受け、伊邪那岐命と伊邪那美命は、まず人の生活の場としての島々をつくり、さらに、その島々を運営し、そこに生まれた生命を養うために、水や樹木、川、山や野の神様、そして身のまわりにあるものをつかさどる神様など、さまざまな役割を受け持つ神様をつくり出したというわけです。

6章　黄泉《よみ》の国《くに》
―穢《けが》れは、心の汚れから―

続いて、伊邪那美命が黄泉《よみ》の国に行くお話になります。黄泉の国は死者の魂が行くところです。

「伊邪那岐命と伊邪那美命が火の神様をつくり出したとき、伊邪那美命は大やけどを負った。そして、その大やけどがもとで伊邪那美命は黄泉の国へ行ってしまった」

伊邪那美命は霊体なので、身体（肉体）を持っていません。でも、ここでは、私たちと同じように身体を持った人として描かれています。

「伊邪那岐命は、仕事のパートナーでもある最愛の妻が黄泉の国へ行ってしまったことを、とても嘆き悲しんだ。そして、妻に会いたい一心で、黄泉の国をたずねた。

やって来た伊邪那岐命に対し、伊邪那美命は黄泉の国の内側から、自分の姿を見られることを嫌って、『ここに入るのは止めて欲しい、会える時は黄泉の国の神様と相談して決めるから』と言った」

伊邪那美命にそう言われても伊邪那岐命は、今すぐに会いたいという気持ちを抑えきれず、すたすた中に入って行きました。そこは、何も見えない暗いところでした。

「伊邪那岐命は、左の髻《まげ》にさしてあった櫛《くし》を抜き取り、その端の太い歯に火をつけて辺りを照らした。そこで伊邪那岐命が見たものは、伊邪那美命の身体に無数の蛆《うじ》がたかり、頭、胸、腹、両手両足に雷光が突き刺さっている光景であった」

＊

《伊邪那美命の身体が蛆に噛みしだかれ、雷撃《らいげき》を受ける姿は、伊邪那岐命自身の穢《けが》れ

を顕《あらわ》すものであった》

★

そもそも黄泉の国は、死者の魂が、宇宙の神様のところに通じる雲梯《うなで》を上る準備をするところです。黄泉の国は、地殻から山の頂に広がる、すべての生物の根を養う根の国（地底の国）を指すこともあります。

その黄泉の国で、国生みや神産みに多大の貢献をした伊邪那美命がこのような悲惨な目に遭うことはないのです。

そもそも、伊邪那美命が伊邪那岐命に自分の姿を見られるのを嫌ったのは、化粧しているところを見られるのを嫌がるのと同じで、雲梯を上がる準備している自分の姿を見られたくなかったからです。また、会える時というのは、その準備が終わった時をいっているのです。にもかかわらず伊邪那岐命は、今すぐ妻に会いたい気持ちを抑えきれずに、自分勝手に行動し、それが妻の心を深く傷つけてしまった、というわけです。

伊邪那岐命が髻《まげ》から櫛《くし》を抜き取り、その歯に火をつけたのは、そのときの自分の想念を頭から取り出して映像化したことを表しています。不快な虫にたかられる姿は、邪念によって穢れた自分の姿、そして雷撃は天罰を受ける自分の姿、をそれぞれ表しているのです。

★

日本ではずっと昔から、好き嫌いの感情をあらわに出し、自分勝手にふるまうのは、心が汚れているからであり、それは、わがまま、高慢、狡猾《こうかつ》、卑怯《ひきょう》、嘘《うそ》、貪《むさぼ》り、侮《あなど》りの七癖をもたらすもの、とされていました。癖は、片方に寄ったもの、が原意です。この七癖は、心の持ち方を、美ではなく醜の方に片寄せるところから生じるものであり、邪念がもたらすものとしていたのです。

ちなみに、脅《おど》し、凶暴、殺人は人がするものではない、人外（ひとではない）としていました。

★

「邪念が嵩じると、終《つい》には、敷蒔《しきまき》、串刺《くしさし》、生剥《いきはぎ》の争いを起こす」

古代の人は、霊《ひ》が小さく（心が狭く）器量が無い人は、邪念にとらわれると、とかくせせこましく考えて行動し、小さな争いを起こしがちであり、ときにそれは拡大して大きな戦争になることがある、と考えていたのです。

しきまき（敷蒔）は同じ土地に二者が種を蒔くこと、くしさし（串刺）は二者が土地の境界線を争うこと、いきはぎ（生剥）の争いは残忍な戦争をすること、をいいます。

★

宇宙の創生、神御産巣日神《かむみむすひのかみ》のところでお話ししましたが、想念にはとても大きなパワーがあります。心に少しでも邪念があると、それは何倍にも膨れ上がり、限りなく大きな悪さをするようになるのです。そして自分自身が穢れるのです。ましてや、伊邪那岐命は神霊です。神霊は、穢れることは絶対に許されません。

伊邪那美命の気持ちを無視して、自分勝手に黄泉の国に入ったというだけで、自分は穢れた、と伊邪那岐命が想ったのは、決して大げさではないのです。

★

「伊邪那美命の凄まじい姿を見た伊邪那岐命は、いちもくさんにその場から逃げ出した」、と描かれていますが、それは、自分の穢れを一刻も早く祓《はら》いたい、という伊邪那岐命の切なる気持ちを表しているのです。

さらに物語は次のように進みます。「伊邪那美命は、『よくも辱《はじ》をかかせたな』と叫んで、黄泉の国にいる女の鬼たちに伊邪那岐命を追わせた。伊邪那美命自身も伊邪那岐命の後を追った」

ここでは、伊邪那岐命が、自分の行為が恥ずべきものであったと後悔していることを、そして、追ってくる女の鬼たちは邪念を、それぞれ表しています。

7章　禊《みそぎ》
――清らかになりたいと願う一途な想いが穢れを祓う――

伊邪那岐命の穢れを祓いたいという一途な想いは、次のように描かれています。

「伊邪那岐命は、いろいろなものを投げつけて、追いかけてくる女の鬼を追い払った。次に、伊邪那美命を突き刺していた雷が、黄泉の国の兵隊とともに追いかけてきた。伊邪那岐命は桃の実を投げつけて、それらを撃退した。（桃の実は魔物を退けるとされていた）

そして、この世と黄泉の国との境のところで、伊邪那美命は『一日に千人を鬼籍（きせき）に入れる（死者の仲間に入れる）』と伊邪那岐命に言い放った。それに対して伊邪那岐命は、『ならば一日に千五百人の真人《まひと》をつくってみせる（心が清らかな子をつくる）』と言い返した」

そして伊邪那岐命は、川の水で身を清めました。

「私は、黄泉の国という穢れた国に行ったので、自分自身も穢れてしまった。身体を洗って清らかになろう」

★

《私は、邪念によって穢れていた。禊祓《みそぎはら》いして清らかな状態にもどろう》

＊

この原文は「吾《あ》は、しこめしこめき穢《きたな》き国に到りて在りけり。御身《おおみま》の禊祓《みそぎはら》えせむ」です。

★

あ（吾）は自分のことです。しこめは女の鬼のことで、邪念を表します。そして、国には、仕切りでわける、という意味があるので、ここに出てくる穢れた国、というのは、清らかな心の向こう側にある汚れた心、という意味になります。到りて在りけりは、そのような状態にどっぷり浸かっていた、という意味です。これらから、今述べた文が導かれるのです。

★

ところで、人が生まれたときに授かった清らかな心を、すくひ（素下霊）といいます。
また、素下霊の人を、まひと（真人）といいます。生まれたばかりの子は皆、真人です。
禊祓《みそぎはら》いは、穢れを祓って（取り除いて）真人に戻ることをいうのです。

★

さて、禊《みそぎ》は禊祓いの省略形で、身添気《みそげ》祓いと水滌《みそぎ》祓いの両方を合わせたものです。

みそげ（身添気）は、邪念で汚れた心のことです。ひたすら宇宙の神様に、邪念を祓って心を浄化し穢れを取り除くことを、真心を込めて願うのが身添気《みそげ》祓いです。つまり、身添気祓いは、自分の想念で穢れを追い払うことをいうのです。

水滌《みそぎ》祓いは、身体の穢れを水で洗い流すことをいいます。邪念で心が汚れると身体も汚れてきます。着ている衣類も含めて、身体がどことなく不潔感を帯びてくるのです。その身体を物理的に水で洗って清めるのが水滌祓いです。

「凡《すべ》て生き物は水より出でて、水により養はる。人が穢れを洗い清むるに、水もてなすは、此の理《ことわり》によって来《きた》れるなり」

古代の人は、手を洗い、口をすすぐだけでも、身体を清めることになるとしていました。今日でも、神社やお寺で神仏にお参りする時は、手を洗い、口をすすぎます。

★

とどのつまり、禊《みそぎ》は、水で身体の穢れを浄化し、想念で穢れを追い払うことをいうのです。

「古事記」は、身体を清め、宇宙の神様に真摯《しんし》に祈ることによって、誰でも、いつでも、一瞬にして穢れを取り除くことができる、と教えているのです。

★

このお話の続きは、次のようです。

「伊邪那岐命が左目を洗うと、天照大神《あまてらすおおみかみ》が現れた。右目を洗うと月読命《つくよみのみこと》が現れた。鼻を清めると須佐之男命《すさのおのみこと》が現れた。この三柱の神様を三貴子《さんきし》という。そして伊邪那岐命は、天照大神には高天原《たかまがはら》を、月読命には夜の世界を、須佐之男命には海原を、それぞれ治めるよう命じた」

伊邪那岐命が禊をしたので、太陽の神様である天照大神、月の神様である月読命、そして須佐之男命の三貴子が誕生したのです。

8章　天変地異

―甘えとわがままは、神様がもっとも嫌うもの―

「天照大神《あまてらすおおみかみ》と月読命《つくよみのみこと》は、きちんと命じられた仕事をしたが、須佐之男命《すさのおのみこと》は何もせず、鬚が伸びる年齢になっても、母神がいる黄泉の国に行きたいと駄々をこね、泣きわめくばかりであった。

その泣き方は、山が枯れ、海や河が干上がるほどであった。これにつけ込んだ悪霊が、蝿が飛び回るように活動を始めたので、いろいろな災いが生じた。

父神の伊邪那岐命は息子のこのありさまに怒り、須佐之男命を追放した。いつまでも自立しない息子に、業を煮やしたのだった。

須佐之男命は、姉の天照大神のところに行くことにした。天照大神がいる高天原《たかまがはら》に向かうとき、地上では地面がゆらぐ大きな地震があった」

★

「高天原《たかまがはら》にやって来ても、須佐之男命は、天照大神がつくった田の畔《あぜ》を壊し、儀式をとり行う御殿《ごてん》に汚物を撒《ま》くなど、勝手のし放題、わがままのし放題だった。あるとき須佐之男命は、天衣をつくる小屋（作業場）の天井から皮を剥いだ馬を落とした。それがもとで、一人の機織《はたお》り女が死んでしまった」

この後、天照大御神は岩屋戸（いわと、と読みます）に入ってしまいます。

「須佐之男命の甘えとわがままを直すため、天照大神は岩屋戸に立てこもった。天照大神がいなくなったので、天も地も真っ暗になった。周りにいる神々が騒ぐ声がそこかしこに聞こえた」

もともとの言葉の意味を探ると、この文は次のようになります。

＊

《須佐之男命の甘えとわがままを直すには、この方法しかない。天照大神は、地中の奥深くに入ってあちこちの火山をいっせいに噴火させた。噴煙が天地を覆ったので、日の光が地上に届かなくなり、皆困ってしまった》

このお話は、神の厳愛《いずあい》がテーマです。

〝少数の甘えとわがままが神様を怒らせて天変地異を招き、多くの人が多大の迷惑をこうむる。天変地異による災害を、皆が力を合わせて克服する姿を見せることによって、わがままな者を反省させ、改心させる。〟これが、神の厳愛です。

★

古代の人は、甘えとわがままによって他に迷惑をかけるのは、その周りの人たちにも責任がある、としていました。個人の不始末が社会を混乱させるのは放っておけません。それが社会の根幹をゆるがす問題に発展することがあるからです。

このお話では、弟の不始末は姉である自分にも責任がある、そう天照大神は考え、荒療治をして弟を改心させようとしたのです。

日本は地震国だからでしょう、「小地震《さない》以て世人を戒《いまし》め、大地震《おおない》以て禍人《まがひと》を懲《こ》らす」など、神の厳愛のお話は古くからありました。

ちなみに、紀元前14世紀、エジプトを脱出してシナイ半島に渡ったモーゼの逸話の中に、「平和を得て安心し、人々が乱痴気騒ぎをするようになったので、神が天変地異を与えて、それを戒めた」、という話があります。

★

この原文は、「かれここに、天照大神、見畏《みかしこ》みて、天の岩屋戸、閉《た》てでさしこもる」です。

みかしこみて（見畏みて）は、見は思う、畏みてはおそれながら、ですから、自分が宇宙の霊力を操るのは、宇宙の神様にはおそれ多いとは思うものの、という意味になります。洞窟に入るだけなら、天照大御神は何も畏みる必要はありません。

岩屋戸は地中深くにある岩盤を指しています。たてて（閉てて）は、扉を閉める、に加えて、エネルギーを閉じ込める、という意味があります。さらに扉を閉める、には身を投じる、の意味があります。さしこもる、は挿し籠るで、深く入り込む、です。地中の奥深くに入り込んだのは身をかくすためではなく、閉じ込めたエネルギーを解放するためでした。

これらから、「弟の須佐之男命の甘えとわがままを直すため、宇宙の神様に恐縮しながらも、天照大神は地中深くに入って、閉じ込められたエネルギーを解放し、火山の大噴火をもたらした」となるのです。

★

この場面は日食であった、とする説があります。しかし日食では暗くなっている時間はほんの一瞬です。天照大神に岩屋戸から出て再び世の中を明るく照らしてもらう（岩屋戸開き）ために、神々がいろいろな策を講じる記述が長々と続くところから、天地が暗闇であった時間は長かった、としていることがわかります。それに、不心得者を懲らしめるための時間は、ある程度長い必要があるのです。

Ｍ８、Ｍ９クラスの大地震があると、それに連動して、数年の間に火山の大噴火があることが知られています。このお話では、須佐之男命がこの世から天に向かうとき、地上に大きな地震があったとしていますが、それは、火山の大噴火の前兆であることを示しているのです。

★

その時代、甘えとわがままは、神様がもっとも嫌うもの、とされていました。馬の皮を尻から剥ぐことを逆剥《さかは》ぎといいますが、これは古代の罪の中でも、もっとも重いとされる天津罪《あめつつみ》でした。

須佐之男命は、甘えとわがままが嵩じたために悪霊につけ込まれ、大地震などの災いを起こしてしまいました。それに、あろうことか高天原で天津罪を犯したのです。これが、天照大神の怒りをかい、天変地異をもたらしたのです。

★

高天原の神々は相談して、須佐之男命に罪の償いをさせることを決めました。まず、須佐之男命に全財産をはたかせて、たくさんのお供えを出させました。次に、髪や手足の爪を切らせ、禊をさせました。そうした上で、須佐之男命を高天原《たかまがはら》から追放しました。償いと禊をした結果、須佐之男命は、世のため人のために尽力する、頼りになる神様へと自己変革し、自立することができました。

この後、須佐之男命は、生贄《いけにえ》にされかかった娘を救うため、八岐《やまた》の大蛇《おろち》を退治するなど、さまざまな活躍をします。

9章　隣人愛
―治世の基本は思いやり―

続いて、須佐之男命の嫡流である大国主命《おおくにぬしのみこと》が、大穴牟遅《おおあなむぢ》といわれていた頃のお話になります。大国主命と大穴牟遅は同じ神様なので、ここでは、統一して、大国主命と記します。

このお話は、次の文から始まります。

「大国主命は、兄神たちとともに、兄神たちの持ち物を入れた袋をかつぎ、従者として、稲羽に行った。その兄神たちは、それぞれが、稲羽にいる美しい八上比売《やかみひめ》と結ばれたいと思っていた」
稲羽は因幡っていう字では？　と思う方がいらっしゃるかもしれません。でも、稲羽という字を使っていたのです。

★

「ある岬で一行は、赤裸《あかはだか》にされた白兎《しろうさぎ》に行き会った。そもそも、その兎は隠岐《おき》の島からこちらに渡りたかったのだが、海を渡る舟が無い。そこで兎は鮫に、仲間の数を競い合おうと言って、鮫に何匹も仲間を集めさせて並ばせ、その上を順に飛び移って、こちらに渡ってきた。陸地に降り立つ寸前、兎は、仲間を集めさせたのは自分が海を渡りたかったからだとつい喋って、鮫を怒らせてしまい、赤裸にされたのだった。

大国主命の兄神たちは兎に、海の水で身体を洗って風に当たるように、と言った。そのとおりにしたら、兎の身体は塩と風で赤剥けになってしまった。あまりの痛さに泣いている兎に、大国主命は、身体を真水で洗って蒲黄《がまのはな》をつけると治る、と言い、兎がそのとおりにしたら、もとの白兎にもどった。

助けられた白兎は大国主命に、八上比売は兄神たちを選ばず、たとえ従者であっても、貴方が八上比売と結ばれるでしょう、と告げた」

大国主命は、たとえ鮫を騙《だま》した不埒《ふらち》な兎であっても、痛くて泣いているのを不憫《ふびん》に思って助けてあげました。兎はそのお返しに、大国主命に、八上比売が心を寄せているという情報を伝えたのです。その後、大国主命は八上比売と結ばれます。

このお話は、兎は人を騙す、という中国の古い言い伝えをもとに作られたようです。

★

後になって、大国主命は日本の国をつくります。そして、大国主命が白兎に示した思いやりや、いたわりの心は、歴代の天皇に受け継がれています。

天皇は代々、常に民の食と住を思いやり、民が安心して幸せに生活できることを願っています。一日の公務は、世の安寧と民の幸せを祈ることから始められるといいます。

そのもっとも象徴的なお話が「古事記」の下巻《しもつまき》にあります。

「ある日、第16代仁徳天皇が高い山から四方をご覧になったところ、国中に炊事の煙が立ちあがっていないことに、お気づきになった。そして、『これは皆の暮らしが貧しいからである、今から3年の間、人民《おおみたから》の課税と役務を免除する』と仰せになった。また、天皇が暮らす宮殿の損傷が著しくなり、雨漏りがあっても修繕せず、雨が漏っているところを避けて生活なさった。

後年、国中に煙が上がるようになったのを見届けられてから、課税と役務を復活した。百姓《おおみたから》は栄え、課税と役務で苦しむことはなかった」

仁徳天皇は、民や百姓を国の宝として、いつも慈悲の心で接していたといいます。

「仁徳天皇を称え、聖帝《ひじりのみかど》という」

＊

《仁徳天皇を、日知《ひじ》りという》

ひじり（聖）は、日知り（ひじり）のことです。日知りは、常に自己を律し、人間の尊厳を大切にし、民を愛し、世の規範を正してそれを守り、闘争を絶って世の平和を保つ、民が心から慕う人をいいます。

日知りは、ここで記されているように、まさに聖の字で表わされるのです。

★

もう一つ、「古事記」の下巻に載っている、5世紀の中頃に活躍した第18代反正《はんぜい》天皇のお話をご紹介いたしましょう。

反正天皇は仁徳天皇の第3皇子で、水歯別命《みずはわけのみこと》といいました。身長が180センチメートル以上あり、上下の歯は揃っていて真珠のように美しかったといいます。

仁徳天皇の後、第1皇子の伊邪本和気命《いざほわけのみこと》が第17代履中《りちゅう》天皇として即位しました。しかし、第2皇子である墨江中王《すみのえのなかつみこ》の反逆によって暗殺の危機に遭います。それを救ったのが水歯別命でした。水歯別命は第2皇子を討伐し、第18代反正天皇になりました。反正天皇は多治比《たじひ》（大阪府松原市）の柴垣宮《しばかきのみや》で国を治めました。短い期間でしたが、その治世の間、戦乱が無い、民が屈託なく平和に暮らせる社会をつくりました。そして、養蚕を広め、金銀細工を盛んにするなど、産業や技術を振興しました。

国の平和は、民の精神の安心をもたらします。その安心の中でこそ、個々の民は大いに希望をもち、自己実現を図ることができるのです。それによって、より豊かな国へと進化するのです。

10章　迫害
―すべては粒子でできている―

大国主命は、八上比売にすげなく振られた兄神たちにひどく妬《ねた》まれました。そして兄神たちは、大国主命を怨んで亡き者にしようと画策しました。

「大国主命は兄神たちに山に連れていかれ、『赤い猪を追い落とすから下で待ち構えて捕えよ』と指示された。大国主命が言われたとおり、下で待ち構えていると、兄神たちによって真っ赤に焼けた石が落とされ、それが当たってつぶされ、死んでしまった。大国主命の母神は大いに嘆き悲しみ、高天原《たかあめのはら》に上って、神御産巣日神《かむみむすひのかみ》（想念の神様）に、大国主命の復活を心から願った。神御産巣日神は、大国主命を生き返らせるため、キサ貝比売《がいひめ》と蛤貝比売《うむがいひめ》を派遣した」

★

「キサ貝比売が、焼けた石に焦がされ、つぶされ、細々になって石にへばりついている大国主命の身体であった粉を剥がして集め、それを蛤貝比売が受け取り、母神の乳でこねて一体にしたところ、麗《うるわ》しい若者に復活した」

このお話は、とても衝撃的です。何しろ、焼き殺され、押しつぶされ、粉々になった大国主命の身体が、もとにもどった、というのです。

＊

《大国主命の身体を構成していた粉（粒子）を集めて整形し、母神の慈愛を浸透させたところ、澄んだ目の逞《たくま》しい若者にもどった》

この原文は、「キサ貝比売が〝きさげ〟を集め、蛤貝比売侍承《まちう》けて、母の乳汁と塗りしかば、麗しき壮夫《おとこ》に成り出でて、遊行《ある》きたまいき」です。

例によって、言葉の意味を探ってみましょう。

〝きさげ〟は、仕上げ面をより精密に仕上げる、もっとも目が細かい工具のことです。ここでは、その工具で削られて生じる細かい粉をいっています。すなわちそれは、粒状になってしまった大国主命を表しています。

また乳汁は、母親の慈愛を表す最たるものです。塗る、には覆うまたは浸透させる、の意味があります。麗しい壮夫《おとこ》は、すっきり整った、澄んだ目をした逞しい若者のことです。また、遊行き、は元気いっぱい、颯爽と歩く様をいいます。

大国主命を復活させたのは、母神の深い愛情と、母神の想いを実現させた神御産巣日神でした。

★

このお話は、すべてのものは粒子でできている、という考えをもとにつくられたと思われます。

水滴は小さな粒です。その粒が集まって水になります。土器は土で作ります。土も粒子の集まりです。古代の人は、日常目にする水や土などから、物質は小さな粒子が集まってできていることを悟っていたのでしょう。

ホツマツタエ（縄文時代からの真に秀でたものの伝承）などを解説した古伝には、次のことが記されています。

「あらゆるものは、ムスヒという微粒子でつくられ、ムスヒの奥にはさらに小さな粒子ヌチがあり、そしてヌチの奥に極小のアメという粒子がある」

この記述から、古代の人は、大きな人形の中に次々に同じ形の小さな人形が入っているマトリョーシカのように、粒子の中に、さらに小さな粒子が入っていると考えていたことがわかります。

宇宙は星（粒子）が集まってできている。ならば、この宇宙を包み込むさらに大きな宇宙があるに違いない。その外側にはさらに大きな宇宙があるに違いない。一方、身のまわりにあるものは小さな粒子が集まってできている。さらにそれぞれの粒子の中には、目に見えないくらいの小さな宇宙があるに違いない。その小さな宇宙の中に、さらに小さな宇宙があるに違いない。自分の身体の中にも無数の宇宙があるに違いない。古代の人は、このように考えていたに違いありません。

おまけに、ここで示されていることは、今日の素粒子論などとも類似しているのです。何という洞察力でしょう。つくづく、古代の人の知恵には本当に驚かされます。

★

ついでですが、昔から、大きさの単位について、大きい方から順に、……京（けい）、兆、億、万、千、百、十、一、分《ぶ》、厘《りん》、毛《もう》、絲《し》、忽《こつ》、微と続き、もっとも小さい単位を、清浄、としていました。

これ以上分割できないくらい小さな粒子は、もう、汚いも綺麗もない、清浄としかいいようがないのです。

★

ところで、すべての粒子は波動を出していることが知られています。

水素や酸素は、それぞれが波動を出しています。この二つが合わさった水は、水特有の波動を出しています。このように、粒子は個々に波動を出し、それらが合わさってできたものは、そのもの特有の波動を出しているのです。

水を水と認識するように、私たちは、自然界や身のまわりにあるものを、それぞれが出す特有の波動によって認識しているのです。木や石、生き物、服装、持ち物、乗り物、食べ物その他を個々に認識するのは、そのそれぞれが出す波動によるのです。

人も波動を出しています。着ている衣類も含め、その人特有の波動を出しています。

そして、その波動を、人は相互に認識するのです。

後でお話ししますが、実は、想念も波動なのです。

11章 試練
――運命は自分がつくるもの！――

元気に復活したものの、大国主命には、なお、さまざまな試練が待ち受けていました。

物語は次のように進みます。

「大国主命が以前よりも元気で逞しい青年になって復活したことに、兄神たちは驚いた。そして再び、大国主命を亡きものにしようと画策した。兄神たちは、大きな木に楔《くさび》を打ち込んで割れ目をつくり、その隙間に大国主命を押し込み、楔をはずして割れ目を閉じて、挟み殺した。母神は大人の男性も顔負けの力で、その割れ目をこじ開けて、大国主命を救い出した。

また命をねらわれる。大国主命は兄神たちから身を護るため、須佐之男命のところに行って、身を隠すことにした」

★

須佐之男命のところに行った大国主命は、須佐之男命の娘の須勢理毘売《すせりびめ》と会いました。会ったとたんに、二人は互いに心を通わせる仲になりました。

「大国主命と須勢理毘売は、お互い目を合わせただけで、たちまち心を通わせ、結ばれた」

この原文は「(大国主命が来たので) 出《い》で見て目合《まぐあ》いし、相婚《みあい》して」です。

言葉の意味を探って訳すと、このお話は次のようになります。

＊

《大国主命と須勢理毘売は、会ったとたん、互いに、将来を共にする伴侶として望ましい相手であると直観した》

「古事記」には、まぐあい (目合い)、という言葉がよく出てきます。まぐあい、は男女の交わりを表す言葉とされますが、もともとは、互いに顔を見て、相手の気持ちを推し量《はか》る、という意味で使われていました。

また、みあい（相婚）の相は、みる、そして婚は、縁組を意味します。相婚という言葉は、男女の交わりをもって身体が結ばれるというのではなく、二人が同時に、相手が共に未来を切り拓くパートナーとして望ましい、と直観したことを意味しているのです。

★

さて、須勢理毘売の父親である須佐之男命は、大国主命に、あるときはムカデや蜂がいる部屋に泊め、あるときは草原に矢を取りに行かせ、そこに火を放って追い詰めるなど、さまざまな試練を与えました。

大国主命は、そうした試練をことごとく乗り越えました。厳しい試練を乗り越えることができたのは、大国主命が自分自身の未来を切り拓く強い想いと、須勢理毘売による大国主命への陰ながらの助けがあったからです。

そして、大国主命は須勢理毘売と結ばれ、後に、顕の世界（目に見えるこの世）での国づくりを行いました。その国の名は葦原《あしはら》の国《くに》（日本）です。

★

「天照大神は、大国主命がつくった葦原の国を、自分の子に治めさせることにしていた。しかし、人を害する神がいて世情が安定しないので、高天原《たかあめがはら》の神々は相談し、それを鎮めるために、天若日子《あめわかひこ》を派遣した」

このあたりのお話は、やまと言葉の意味を探るまでもなく、すんなり読むことができます。

「天若日子は天《あめ》の弓と矢をたずさえて、やってきた。ところが、天若日子は、人に害を与える神を鎮めて国を平定するどころか、大国主命の娘を娶《めと》り、いずれ葦原の国は自分が治めてやる、と欲を出し、8年もの間、高天原には何の連絡もしなかった。高天原の神々は、天若日子から何ら連絡がないので、雉《きじ》を使いに出した。そして、なぜ連絡しないのか、天若日子にたずねさせた。

しかし、国取りの野心に燃える天若日子は、その雉を天の矢で射殺してしまった。その矢は雉を貫通し、天に向かって飛び続け、高御産巣日神のところまで届いた。

高御産巣日神は、『この矢が人に害を与える神を射ようとしたものであれば天若日子に当たるな、そうでないならば天若日子に当たれ』と言って、天《あめ》の矢を地に投げ返した。矢は、天若日子の方に飛んでいき、胸に突き刺さった」

こうして、天若日子が射た矢は、結局、自分に刺さったのです。この話は、邪念によって為した悪行は、必ず自分に返る「還《かえ》し矢《や》の話」として伝わっています。

12章　人類の祖
―人は宇宙の神様の分霊《わけひ》―

「その後、葦原の国（日本）は平定され、すっかり落ち着いた。そして、高御産巣日神と天照大神は、邇邇芸命《ににぎのみこと》に、葦原の国の統治を命じ、高千穂に天降《あも》りさせた」

これを、天孫降臨《てんそんこうりん》といっています。邇邇芸命は天照大神の孫なので、天孫というのです。

「邇邇芸命は、先に岩屋戸開きで尽力した神様たちを従え、八尺《やさか》の勾玉《まがたま》、八咫《やた》の鏡《かがみ》、草薙《くさなぎ》の剣《つるぎ》をたずさえて、地上に降りてきた」

八尺の勾玉と八咫鏡は、邇邇芸命に随行する神様たちが岩屋戸開きのときに作ったものです。また、草薙の剣は、禊をして自立した須佐之男命が、生贄《いけにえ》にされかかった娘を救うために退治した八岐《やまた》の大蛇《おろち》の尾から出てきたものです。

これら三つの品は、三種《さんしゅ》の神器《じんぎ》として、天皇家に受け継がれています。

★

天孫降臨の場面は、次のようです。

「邇邇芸命は高天原を出て、たなびく雲を押し分けて進み、いったん天の浮橋にすっくと立ち、日向の高千穂の霊峰に降りて行かれた」

この文は、次のように改めることができます。

＊

《邇邇芸命は、宇宙の神様の分霊として、輝く光の球となって高天原を出て、幾重もある雲の層を突き進み、天の御柱を通って、高千穂の霊峰に降りて行った》

この原文は「天津日子番能邇邇芸命《あめつひこほのににぎのみこと》は、天《あめ》の岩位《いわくら》を離れ、天の八重たな雲を押し分けて、稜威道別道別《いつのちわきちわき》て、天の浮橋にうきまじり、そりたたして、つくしの日向の高千穂のくじふる嶺《たけ》に天降《あも》り坐《ま》さしめき」です。

例によって、言葉の意味を探っていきましょう。

★

まず、邇邇芸命の名前は、古伝によれば、天津日子番能邇邇芸命（あめつひこほのににぎのみこと）と、大変長いです。

先頭にある、あめつ（天津）は宇宙の、の意味です。ひこ（日子）は霊凝（ひこ）の当て字です。霊凝には、魂留（たまづめ）された、という意味があります。つまり、天津霊凝は、宇宙の神様から魂を入れられた、言い換えると、宇宙の神様の分霊（ぶんれい——「わけひ」といいます）という意味なのです。

ついでですが、世界中で読まれている「ハリーポッター」は、悪者が自分の魂を日記帳や宝冠など七つの品に分霊し、その七つの品を、主人公のハリーポッターと仲間たちが一つ一つ破壊し、ついには分霊したもののすべてを破壊して、悪者をやっつける、というお話です。

次に、ほ（番）は秀麗なという意味です。邇邇芸命はそもそも瓊瓊杵命（ににぎのみこと）と記されます。瓊（に）は光輝く球のことです。つまり邇邇芸命は、秀麗な光の球の神様なのです。

★

そして、原文にある岩位《いわくら》は、岩座《いわくら》の当て字で、神々が鎮座するところをいいます。

また、稜威道別道別《いつのちわきちわき》ては、道を切りひらいて突き進む、という意味です。

天の浮橋にうきまじりは、天界と地上とを繋ぐ通路である天の御柱（雲梯）に入って、の意味です。

これらから、さきほどの文章に改めることができるのです。

★

また、古伝には「邇邇芸命は天《あめ》の御影《みかげ》と隠れまさして」とあります。かげ（影）は、風のように目には見えないが実在する、の意味です。か、は目には見えない神、風、香りを、そして、け、は気配を表します。高千穂に降りたとき邇邇芸命は、目に見えない霊体であったと言っているのです。

後に、神霊である邇邇芸命は、この世の身体（肉体）を持つ木花之佐久夜毘売《このはなのさくやびめ》と結婚しました。そして、二人の間に人類の祖が誕生しました。人類の祖は、宇宙の神様の分霊と、現世での身体とが合わさったものとして誕生したのです。

ちなみに、「日本書紀」には「天孫降臨してこのかた、179万2470年余」とあります。してみると、邇邇芸命は降臨してから、約180万年も経ってから結婚したことになります。霊体であったから、とてつもなく長く生きることができたのですね。

★

その、木花之佐久夜毘売との婚姻のお話は、次のようです。

「邇邇芸命は、日向のある岬で美しい木花之佐久夜毘売《このはなさくやびめ》に出会い、結婚を申し込んだ。木花之佐久夜毘売の父は、その姉も一緒に嫁にしてもらいたい、と邇邇芸命に申し入れた」

話は続きます。

「邇邇芸命は、容姿が醜い姉を嫌って、妹の木花之佐久夜毘売だけを選んだ。娘の父は、姉も一緒に嫁にしてくれていたら邇邇芸命の寿命は永遠であったのに、妹だけを嫁にしたので、その寿命は花のように短いものになってしまった、と言った」

古伝をもとにすると、伊邪那岐命は約20億年、大国主命は約５００万年、天界の神々は平均約80万年、生きています。しかし、邇邇芸命の婚姻にかかわるこの一件から、神々の寿命は、肉体を持つ人間と同じで、とても短いものになってしまったというわけです。

★

「木花之佐久夜毘売は懐妊し、いよいよ出産のときがきた。しかし邇邇芸命は、それは自分の子ではない、と言った。一夜の交わりだけで子ができるはずがない、と言い張ったのだ。

その疑いをはらすため、木花之佐久夜毘売は、邇邇芸命の子であったら無事に生まれるが、邇邇芸命の子でなかったら無事に生まれるはずがない、と念じた。そして、産屋《うぶや》に土を塗り込めて密閉し、出産のとき、そこに火をつけた」

このとき、木花之佐久夜毘売は、〝邇邇芸命の子であったら無事に生まれる〟と神に祈って、一種の神がかりの状態をつくりました。神様からご神託を得ようとしたのです。これを、誓約《うけい》といいます。

木花之佐久夜毘売は、燃え盛る炎の中で、無事に、三名の御子《みこ》を産みました。無事に出産したことにより、木花之佐久夜毘売が産んだ子は、邇邇芸命の子であることが証明されたというわけです。

この3番目の子の子孫が、初代天皇である神武天皇です。

Ⅱ　そもそも「古事記」は、こうして作られた

1章　編纂を命じた天武天皇って、どんな人？

―宇宙が大好き。日本で初めて天文台を作った―

「古事記」は、天武天皇の強い想いから作られることになりました。「古事記」の序文に、天武天皇のその想いを伝える言葉が載っています。

「史書の『帝紀』と『旧辞』は、改ざんやねつ造がなされていると聞く。今すぐそれを正しておかないと、何年も経ずして皇統は立ち行かなくなるであろう。真実を記録した史書を後世に伝えたい」

ちなみに、「帝紀」は歴代天皇の系譜の記録で、「旧辞」は神話をはじめ、地域の伝承の記録です。

天武天皇は行動が速い人でした。川島皇子、草壁皇子そして数名の連《むらじ》（古代の姓の一種で、神々の子孫と称する氏）に指示して、それら史書の改正版を作らせました。それは「古事記」や、その8年後に出された「日本書紀」のもとになりました。

そして、若い舎人《とねり》の稗田阿礼《ひえだのあれ》に、その改正版を暗記するよう命じました。

舎人は天皇のそばにいて雑務をこなすのが仕事です。稗田阿礼はそのとき28歳、一読または一度聞いただけで、それを覚える聡明さがあったといいます。きっと、古伝や長い間伝承された話も頭に入っていたことでしょう。

「古事記」は、その稗田阿礼の頭の中にあるものを、適宜取り出してまとめたものです。

★

天武天皇は強いリーダーシップとカリスマ性をもっていたといいます。肖像画は大柄で、大そういかめしい顔つきに描かれていますが、本当はどんな人だったのでしょうか。

西暦672年、天武天皇が大海人皇子《おおあまのおうじ》であったとき、甥の大友皇子と争って勝利し（壬申《じんしん》の乱）、皇位を継ぎ、673年、飛鳥浄御原《あすかきよみがはら》で第40代天皇に即位しました。苛烈な骨肉の争いを経験したからでしょうか、厳しく罰することもありましたが、よく人を思いやり、労苦をねぎらったといいます。

ところで、この時代、新たに導入した律令制は、法律や刑罰で国を統治する体制でした。例えば俸禄《ほうろく》（年俸）は、貴族など力のある者が恣意的に決めるのではなく、役職や功績に応じて与えられるように改められました。この制度の導入を図ったとき、既得権を持つ人たちは激しく抵抗しました。天武天皇は、それを熾烈《しれつ》な争いによらず、主に自身の大きな人格で抑えました。黙っていても周りの人にこれはかなわんと思わせる大きな人間力が、それを可能にしたのです。

また、しっかりした外交を行って国の内外に戦争を起こしませんでした。朝廷の周りを守る兵士はいましたが、他国の征服や干渉のための軍隊は置かなかったといいます。また、それまで倭《わ》（和。やまと）といっていた国名は日本と改められ、王を天皇と称するようになりました。

天武天皇は神への信仰が篤《あつ》く、民衆に伝わる神事を国の祭祀とすることにとても熱心でした。今日、宮中の儀式として伝承されている新嘗祭《にいなめさい》（その年に収穫した穀類を神に供え、またそれを食する祭儀）や大祓《おおはら》えの行事は、この代表です。

★

ところで、ずっと以前から、人は宇宙に大きな関心を寄せていました。それは、多くの古墳の壁面や天井に、星座や星の軌道、北斗七星などが描かれていることからもわかります。明日香村のキトラ古墳の天井に金箔や朱線によって描かれたのは、本格的な星図でした。

ちなみに宇宙という言葉は4世紀の後半、大陸から入ってきていました。大きな空間を覆うもの、がその原意です。

今より星がたくさん見えていたからでしょう。「古事記」の時代よりもずっと昔から、人々は、個々の星の動きをよく観察していました。

宇宙では、個々の天体は自立して、秩序と調和を保って整然と運行しています。天体は寿命がくるとこわれて星雲になり、それがまた新しい星になります。宇宙は新陳代謝しているのです。そして宇宙全体は安定に向っています。こうした天体の動きから導かれるのが、宇宙の理《ことわり》です。人々はこれを生活や行動の規範として活かしていました。

星の動きと人の営みとを関係づけるこの思想は、「古事記」がつくられた時代からざっと400年以上も前の大和王権が成立した時代に、大陸から日本に医薬などとともに入ってきた儒学の基本思想とも一致していました。

とりわけ儒学のもとになっている「易《えき》」は、人々に大受けでした。そこには、宇宙を構成する基本とされる陰と陽をもとに吉凶を占う方法（占術）が示されていたからです。天武天皇の2代後の文武天皇が出した大宝令には、「易」による占術を載せています。この占術は、平安時代には陰陽師、江戸時代には八卦占い師などに継がれました。

宇宙によほど興味があったのでしょう、天武天皇は675年、日本で初めて天文台（占星台）を建てています。

そして「古事記」には宇宙の話がたくさん載っています。宇宙の話を入れるのは必然、「古事記」に携わった人たちは、そう思っていたに違いありません。

★

さて、「古事記」を作り始めてまもなく、天武天皇はこの世を去りました。その遺志を継いだのは3代後の元明天皇でした。

暗記してから数十年経っていましたが稗田阿礼は、記憶している史書や古い言い伝えなどを語り、その中から、元明天皇が選んだ話を、50歳代の漢学者、太安万侶《おおのやすまろ》が記録して、「古事記」ができたのです。

2章 「古事記」は昔話の極

―古い話を総動員。海外の話、儒教や仏教の教えも入っている―

人々の間に伝わる民話や寓話を総じて昔話といいます。「おむすびころり」や「舌切り雀」、「桃太郎」などは、皆様おなじみですね。

こうした昔話では、たいてい、善人と悪人が対比して語られています。善人は、優しく行いが正しい人、自分自身を磨いて進化向上する人、弱い人をたすけ、世の秩序や調和を保つ人をいいます。一方、悪人は、自分勝手にふるまい、欲張りで、乱暴をはたらき、社会を乱して不安定にする人をいいます。そして、善人にはご褒美が与えられ、悪人は厳しく罰せられます。

原人の誕生は約１８５万年以上前とされていますが、進化して、約16万年前に現生人類（ホモ・サピエンス）が誕生しました。現生人類は、獲物を分かち合うなど、平等と共生の社会をつくっていました。

さらに進化し、約13万年前には、農耕牧畜を始め、彫刻や絵画を楽しむようになりました。同時に、物欲や嫉妬、憎しみなどがもとで争いが起きるようになりました。善と悪をテーマにした話が作られるようになったのは、この頃からと思われます。

★

さて、約1万年前の縄文時代、大陸や南方の島々と往き来があり、さまざまな文化やお話が日本に入ってきていました。縄文人は魚介や穀類を土器で煮炊きし、細かい竹を編んだポシェットなどを持ち歩き、干ばつに備えて栗などの品種を改良するなど、それなりに高度な生活を送っていたようです。

竪穴式住居の囲炉裏のそばで、親が子に昔話を語って聞かせたことは想像に難くありません。

大国主命が兄神たちに殺され、また生き返った話（Ⅰ—10章）は、縄文時代、すでに昔話として語られていたといいます。この話は、南太平洋にあるメラネシア地方の言い伝えがもとになっているそうです。メラネシアからは、霊魂はあらゆるものに入っている、という話も伝わっているようです。

時代が降り、農耕や冶金の技術が大きく進歩した弥生時代には、伊邪那岐命と伊邪那美命による国生みの話（Ⅰ—4章）や、須佐之男命が生贄《いけにえ》にされかかった娘を救うため、八岐大蛇を退治した話が昔話として語られていたといいます。須佐之男命による八岐の大蛇退治の話は、ギリシャ神話の、勇者ペルセウスが怪物の生贄にされかかったアンドロメダを救って妻にしたという話がもとになっているそうです。

西洋とアジアとを結ぶシルクロードができたのは紀元前2世紀です。そのルートを通って、西洋の昔話が遠路、日本に伝わっていたと思われます。

お釈迦様も学んだであろう、「想念は光よりも早く、座していても遠くに達する、大きなパワーをもっている」とした古代インドのウパニシャド哲学も、同じルートをたどって日本に伝わっていたと思われます。

★

さらに時代が降って、4世紀の中頃、大和王権成立の時代に、漢字や漢文が入ってきました。そして、日本古来の表音、表意文字であるヲシテ文字や、やまと言葉にとって代わって、漢字と漢文が使われるようになりました。

その頃、大陸から、盤古《ばんこ》という神が死んだとき、左目が太陽になり、右目が月になったという話が伝わっていたといいます。この話は、伊邪那岐命が右目を洗ったら天照大神、左目を洗ったら月読命が現れた話（I―7章）のもとになっているようです。

ついでですが、この頃、紅花《べにばな》が、遠路エジプトから入ってきています。さらには、約5000年前に体系化されたメソポタミアの天文学や、ピタゴラスの定理も入ってきています。ピタゴラスの定理は鈎股弦《こうこげん》の定理と呼ばれていました。そのピタゴラスは、紀元前6世紀に、すでに地球が丸く自転していることを発見し、惑星も見つけていたといいます。

さらに西暦6世紀には、因果応報（自分がしたことは自分に返る）や輪廻（生まれかわり）の思想をもとにした仏教が大陸から入ってきました。他にした悪いことが自分にかえってきた「還し矢」の話（I―11章）は、この思想がもとになっているのでしょう。

★

こうしてみると、8世紀初頭に作られた「古事記」は、日本古来の言い伝えをはじめ、大陸や南方、さらには西洋から入ってきた話に加え、儒教や仏教の教え、火山の噴火など自然現象の話、生命進化の話、粒子や波動の話などが込められた壮大な話であることがわかります。

「古事記」は上中下の3巻からなります。712年、平城京の造営を祝う事業の一環として、元明天皇に献上されました。上巻《かみつまき》は神話、中巻《なかつまき》と下巻《しもつまき》には、初代神武天皇から第33代推古天皇までの歴代天皇のお話が載っています。

3章　どうやって読み解く？

―本居宣長も間違えた！　誤訳が生じるわけ―

いみじくも、筆記を担当した太安万侶自身が「古事記」の序文で、次のように述べています。

「自分は、稗田阿礼が語るやまと言葉を漢字で記録したが、言葉の意味ではなく、やまと言葉の発音に合う漢字を当てた（これを音写といいます）箇所が多々ある。そうした箇所は、もとのやまと言葉の意味は伝わらないかもしれない」

その頃すでに、日本古来のヲシテ文字や、やまと言葉が使われなくなってから400年以上が経っており、文章は、大陸から入ってきた漢字と漢文で綴るのが一般でした。「古事記」に限らず、般若心経などの経典も、文言の多くが音写によって綴られました。

問題は、音写で綴られた部分が、もとの言葉の意味ではなく、当てられた漢字が持つ意味で解されてしまうことです。

例えば、天之零穂凝《あめのぬほこ》には、天沼矛という字が当てられています。そもそもヌホコは宇宙の霊力のことです（I—4章）。しかし、矛《ほこ》の字が当てられているので、もっぱら武具の意味で解されています。

このように「古事記」は、作られたときから誤訳を生じる要因が織り込まれているのです。「古事記」を読むときは、そうした箇所は、漢字の音（発音）をもとに、文章をやまと言葉にもどし（「古事記」を作ったときと逆の作業）、その一字一句を古伝をはじめ、「ヲシテ文献」や「天津古世見」などを解説した資料をもとに解読する必要があるのです。

★

また、そもそも「古事記」はとても大らかに書かれていますし、何の説明もなく書かれているところがたくさんあります。当時の人の常識や知識は、いちいち載せていない、ということもあるのでしょう。

例えば、「宇宙の創生」のところでは、いろいろな神様が何の説明もないまま、名前だけで次々に登場します。名前だけで登場するので、それが何の神様かわかりません。また、複数の神様が1柱の神様として登場する例もあります。そのような箇所は、古伝をはじめ、関連する解説書などを参照して、その神様が何の神様か読み解く必要があります。

補足になりますが、大国主命には、大穴牟遅《おおあなむぢ》、葦原色許男《あしはらしこお》、八千矛《やちほこ》、宇都志国玉《うつしくにたま》の4つの別の名前があります。本書では、名前が違っても同じ神様の場合は、一つの名前に統一しています（I—9章）。

Ⅲ 「古事記」でわかる、こんなこと！

——この世はこうつくられている。人はこうつくられている。
そして、私たちに用意されているもの——

1章　この世はこうつくられている
―神様がつくった壮大な仕掛けの中で、私たちは生かされている―

（1）すべては相反する二つを合わせもっている
―〝宇宙の創生〟（Ⅰ―1章）、〝宇宙の気〟（Ⅰ―2章）、〝先遣〟（Ⅰ―3章）より

「古事記」は冒頭で、「宇宙は物質と想念の相反する二つが合わさってできている」と語っています。

私たちがいる地球、そしてこの世は、まぎれもなく宇宙の一部です。してみると、この言葉から、とりもなおさず、「この世のすべては相反する二つを合わせもっている」が導かれるのです。

とりあえず要点をかいつまんでお話ししますと、次のようです。

★

すべての物質は原子でつくられている、これが宇宙の神様の設計図です。なるほど、天体から身の周りのものまで、すべては原子でできています。その原子は、プラスの電

荷を帯びる原子核と、マイナスの電荷を帯びる電子からできている、つまりプラスとマイナスの相反する二つの要素からできているのです。

物質がそうなら、この世の諸々も、天地、昼夜、寒暑、男女など、相反する二つで構成されています。

そして、どんなものにも長所と短所があります。例えば、薬は効くけど副作用がありますす。長所ばかりです、という製品はコストがかかるという短所があるのです。

★

自然界に目を転ずると、そこには、美と醜、快と不快の相反する二つが同時に存在していることがわかります。

例えば、花は美しく見えます。その香りには快を感じます。美と快は魂に安らぎを与えるものです。墓前や仏前に花を供えるのは、死者の魂に安らぎをもたらすためなのですね。

一方、石の下などに棲息する虫の類は、あまり美しくは見えません。それらが蠢《うごめ》く姿には、多くの場合、不快を感じます。

美しい花と不快な虫で象徴されるように、この世には、いわば極楽と地獄の相反する二つが同時に存在しているのですね。

醜がないと美のよさを忘れてしまう、不快がないと快のよさを忘れてしまう、宇宙の神様は、このために、あらゆるところに相反するものを併存させているのかもしれません。

★

そして人は、誰もが心の中に美、善、そして醜、悪の相反するものを合わせもっています。思いやりと自分勝手、自立と甘え、利他と我利我欲、実直と狡猾《こうかつ》、正直と偽り、正々堂々と卑怯《ひきょう》、柔和と凶暴、勤勉と怠惰……。このどちらを出すかは、その人次第です。

(2) すべては宇宙と相似象
――〝宇宙の気〟(I―2章)、〝列島誕生〟(I―4章) より

太陽系は太陽の周りを惑星が回っています。原子は、原子核の周りを電子が回っています。太陽系と原子の姿はとてもよく似ています。このように、姿形や仕組みがとてもよく似ていることを相似象《そうじしょう》といいます。

★大きな天体には大きな引力があります。大きな天体と小さな天体が出会うと、小さな天体は大きな天体に引き寄せられます。他方、小さな天体でも勢いがあると、衝突したとき、大きな天体に深刻なダメージを与えます。また、たとえ今は小さな天体でも、宇宙空間にある浮遊物や微小の天体と衝突合体して大きな天体になります。地球などの惑星は、小さな天体との衝突合体を幾度も経て大きくなったのです。

他方、大きな天体は小さな天体にエネルギーを与えています。太陽は惑星を従える一方、惑星にエネルギーを与えています。力がある天体がない天体に、自分の力を分け与えているのです。こうしたことによって、宇宙全体の秩序と調和が保たれているのです。

★この世は宇宙と相似象です。富や地位により、力の大小があります。富や地位がある者は、たいていの場合、それが無い者に大きな影響を及ぼします。他方、富と地位がなくても、気概と勇気があれば、富や地位がある者に打ち勝つことができます。また、たとえ今は貧しく、地位がなくても、頑張る意思があれば富と地位を得ることができます。

富や地位がある者が、それが無い者を支援することによって、この世の秩序と調和が保たれます。富や地位がある者が、それが無い者を見下し、あるいは自分だけがよければ、と他を顧みないのは、宇宙のルールに反するのです。

★

天体には寿命があります。寿命がくると超新星爆発などによって雲散し星雲になります。そして、星雲は新しい天体をつくります。

一つ一つの天体はこうして入れ替わっても、宇宙全体は常に新陳代謝しているのです。人はこの世に生まれ、成長して壮者になり、いつか老弱になって死を迎えます。そして、人は子孫をつくります。

人の細胞も天体と同じで、時間が経つと自ら消滅します（アポトーシスといいます）。そして、また新しい細胞がつくられます。一つ一つの細胞は入れ替わっても、身体全体は常に新陳代謝しているのです。

★

天体は常に動いており、それによって宇宙は新しい形に進化しています。これは、宇宙全体を安定に向かわせる働きです。

人も、現生人類としてこの世に誕生してからずっと、進化し続けてきました。科学の発展をもたらし、次々に新しいものつくり出してきました。今後とも、この動きは止むことはありません。

これと相似象で、地域や国、会社組織などにも盛衰と進化があるのです。

(3)「5対95則」
―〝宇宙の気〟(I―2章)、〝迫害〟(I―10章)より

夜空を見上げると、たくさんの星が見えます。でも、星と星の間はスカスカで、大きく空いて見えます。そこには、目に見えない細かい粒子、宇宙の気が満ちています。宇宙は、目に見える物質と、目に見えないものとの割合が、ほぼ5対95です。本書では、これを「5対95則」と名付けます。

「5対95則」は、神秘《しんぴ》の法則です。後で詳しくお話ししますが、私たちの意識界、人格形成などに、この法則があてはまります。

★

この世では、自然界にある陸地、山や木などをはじめ、人工物である道路や橋、建物、

電車や自動車などを合わせても、目に見える物質が約5パーセント、そして、目に見えない、人が生存可能な範囲の大気が約95パーセントを占めると試算《しさん》されます。

そんなはずはない、この世では、物質の割合はそんなに小さいはずがない、と思われるかもしれません。でも、その大気の層は何千メートルも上空に広がっています。地上にある物質を全部合わせても、その体積は大気の体積と比べると、格段に小さいのです。

★

この法則は、私たちの仕事の場にも当てはまります。

例えば、ある会社が製品（物質）を売るとき、その品質やコストは、会社員の想念に大きく左右されます。製品と会社員の想念、それぞれが市場に影響をおよぼす割合は、ほぼ5対95なのです。

組織の体制のあり方にも、これが当てはまります。例えば、会社の役員（経営者）の数は、多くの場合、社員数の約5パーセントです。一般に、何らかのプロジェクトを遂行する場合、リーダー的存在の人の数は、多くの場合、参画する人の約5パーセントです。

ついでですが、学校で成績がとてもよい学生の数は、多くの場合、学生全体の約5パーセントです。

「5対95則」は、その他、いろいろなところに当てはまります。

（4）私たちは無数の波動の中にいる
――〝宇宙の気〟（Ⅰ―2章）、〝迫害〟（Ⅰ―10章）より

すべての物質は粒子でできています。粒子である限り、それは波動を出しています。すべてのものが出す波動を私たちはキャッチし、それが何であるかを認識しているのです。

私たちは、宇宙から、おびただしい波動を受けています。宇宙の大半を占めるダークエネルギーやダークマターは、目には見えませんが、エネルギーを持つ粒子です。ダークマターは、1秒間に1平方センチメートル当たり1万個、地球に降り注いでいるといいます。

私たちは、その無数の波動の中にいて、休むことなく、好むと好まざるとにかかわらず、また距離が遠い近いにかかわりなく、宇宙をはじめ、地上の自然界の諸々、そして

他の人たちから、それぞれの特有の波動を受け、また、私たち自身が波動を発しているのです。

★

私たちの身体は約60兆個の細胞からなります。一つ一つの細胞は精妙に連絡し合って臓器や筋肉、骨などをつくっています。その一つ一つの細胞は微かな波動を出しており、それらが集まった臓器や筋肉、骨などは、それぞれ特有の波動を出しています。

実は、人が出す波動の大部分は想念の波動です。想念の波動は、臓器や筋肉から出る波動の何百万倍ものパワーがあるといいます。

波動は波長が長いほど、また振動数が多いほど速く進みます。想念の波動は波長がとても長く、振動数がとても多いので、瞬時に何千光年もの距離を進みます。想念の波動は光より何倍も速い（超光速）のです。

また、同じ波動は共振します。一方、異なる波動は互いに反発します。人によって相性が異なるのは、それぞれの想念の波動が異なるからです。物や動物、植物などに好き嫌いがあるのも、それらが出す波動と自分の波動が合うか合わないかによるのです。

楽しいことを想うと、楽しいことがやってきます。嫌なことを想うと、嫌なことがやってきます。自分の身の周りに起こることは、自分の想念の波動が、同じ波動を出すものを引き寄せているのです。

(5) すべてのものに意思がある
――〝つくり固め〟(Ⅰ―5章)、〝人類の祖〟(Ⅰ―12章)より

宇宙の神様は伊邪那岐命と伊邪那美命に、「地上を、生命を健全に育み、しっかり養える場所にせよ」というミッションを与えました。そして、太陽や月、鉱物、海水、大気、木や土などの神々、そして風や雷などの自然現象をつかさどる神々をつくり出しました。

これらの神々は、宇宙の神様から与えられた役割をどのように遂行しているのでしょう。

太陽は地球に光や熱を供給しています。太陽は自らが核融合を行って高温を維持しているのです。地球は、人をはじめ幾多の生命を養っています。月は地球と引力のバランスを保ち、人の生理や作物の生育などにかかわっています。

金は金鉱脈に、鉄は鉄鉱石の鉱脈にというように、鉱物は同じ種類のものが引き合って存在します。石も大理石や花崗岩に見られるように、同じ種類のものが集まって存在します。ついでですが、鉄鉱石は酸化した状態で自然界に存在しています。鉄は鉄鉱石を還元（酸素を取り除く）して作ります。使っている間に錆びる（酸化する）のは、鉄は自然界で酸化の状態が安定なので、その状態に戻ろうとする自然の働きなのです。

海水は塩分の濃度をほぼ一定に保ち、大気は窒素や酸素などの量、そして湿分を一定に保っています。土は五穀や果樹を育てます。

木は根毛から地中の水分を吸い上げます。吸い上げた水分は葉の気孔から蒸散させ、土と大気中の間で水の循環をつくっています。また大気中に酸素を供給し、枝に生（な）る実や葉、あるいは表皮（形成層）を食べ物として提供し、鳥や動物、そして私たちを養っています。

そして風や雷は、気圧や電位を調整して、地上の安定化を図っています。

こうしてみると、いわば万物万象は、意思をもって、それぞれに与えられた役割を果たしていることがうかがえるではありませんか。

★

ちなみに、西欧の哲学者や思想家も、ほぼ同様のことを言っています。

古代ギリシャの哲学者アリストテレス（前384〜前322）は「万物万象は目的を持ち、その目的を目指して動いている」と言いました。

フランスの啓蒙思想家J・J・ルソー（1712〜1778）は「自然の諸々は、賢明なる神の意思によって動いていると感じ、それを信じる」と言いました。

不滅の神を〝道徳の学〟として意義づけたドイツの哲学者イマヌエル・カント（1724〜1804）は「神がこの世の作者」と言いました。

自然と精神は絶対的に同一としたドイツの哲学者フリードリッヒ・W・J・シェリング（1775〜1854）は「神の意思がこの世の秩序をつくった。宇宙は一つの大きな有機体であり、一つの力によって貫かれている」と言いました。

また、現代分析哲学の祖とされるバートランド・ラッセル（1872〜1970）は「地球は頭脳を持っている」と言いました。

★

この世の自然界の諸々や自然現象は、「他と協調し調和して安定に向かう意思を持って動く生命体」なのです。まさに「万物万象、生命あらざるもの無し」なのです。

その中で私たちは恩恵を受けて生きている、いや、それら多くの生命体によって支えられ、生かしてもらっているのです。

2章　人はこうつくられている
―人にはパソコンが付いている？　そのパソコンの中には、一体何が入っている？　今明かされる、人の本体！―

（1）人に付けられたパソコン
―〝先遣〟（Ⅰ―3章）、〝人類の祖〟（Ⅰ―12章）より

私って何？　自分はどんな存在？　こんなこと、私たちはあまり考えることはありません。たいていの人は、死んでしまったらすべては終わる、だから生きている間に、なるべくいい思いをしたい、などと考えているようです。

邇邇芸命《ににぎのみこと》の子孫である私たちは、宇宙の神様の分霊《わけひ》であり、宇宙の神様によって魂留《たまづめ》されます。私たちの身体（肉体）は、魂とは別のものなのです。身体は借り物で、魂が

私たちの本体です。身体がこの世で役目を終えた後も、魂は生き続けます。だから、死んだらすべては終わり、ということはないのです。

辞書には、「魂は身体に宿って心の働きをつかさどるもの」と出ています。魂と霊は同義で、どちらも英語で spirit（スピリット）です。

★

ついでですが、古代ギリシャの哲人ソクラテス（前470～前399）は、「身体は滅びるが、魂は死とは無縁」としていました。近世哲学の祖とされるルネ・デカルト（1596～1650）は、「人の身体と魂は、それぞれ独立したものである」と言いました。古くから西欧の哲人は、「身体は滅んでも魂は生き続ける、ならば、身体が生きている間、魂は希望を持ち続け、身体を使って世の為に頑張ることが、よい人生を送る基本である」と考えていたようです。

★

さて、古代の人は、「この世のすべては幽（目に見えないもの、よくわからないもの）と顕（目に見えるもの、明らかに認識されるもの）からなる。意識もまた、幽と顕からなり、幽と顕は互いに作用し合う」としていました。この幽は今日の心理学でいう潜在意識、そして顕は顕在意識を意味します。

★ 私たちの魂は、この幽の中にあります。

人には、喜怒哀楽、嫉妬や羞恥、驚き、恐怖などの感情があります。また、見る、聞く、触れる、嗅ぐ、味わう、の五感を働かせています。こうした感情や感覚をはっきり認識するのは顕です。

学習し、体験し、話し、行動するのも顕の働きによります。

一方、幽の中には、どのようなときに喜び、どのようなときに怒りを感じるか、感情をつかさどるおおもとがあります。幽にはまた、理性をつかさどるおおもともあります。このおおもとが、私たちの本体、つまり魂です。そしてそれは、想念を発するもとでもあるのです。

学習したことや体験したこと（知）を蓄積する箱（記憶）も幽の中にあります。

ところで、心臓や消化器は意識しなくても動いています。これは身体維持の働きです。そして誰もが、五感に対応して、熱いものを熱いと感じ、尖ったものに触れると痛いと感じ、腐ったものを匂いや味で察知するようにつくられています。これは身体保護の働きです。こうした生理的な働きや運動機能をつかさどるおおもとも幽の中にあります。

顕と幽はつねにやり取りをしています。★顕で認識されたものはすべて幽に送られ、幽の中にある魂が、それに対応する評価や判断を顕に返し、顕は、それを身体の各部に実行するよう伝えます。

例えば、嫌いな人に意地悪をしてやろう、と顕で考えると、理性が働いてそれを抑制します。そう魂が判断するのです。人に意地悪をしてしまったとき、何となく後味《あとあじ》が悪いのは、魂の判断に逆らったからです。

生理的な働きについていえば、例えば、顕が熱いものを認識したら、それに触ると火傷して魂の乗り物である身体が損傷するので気をつけろ、と顕に返し、顕はそれに触らないよう身体に伝えます。

ちなみに今日、顕は意識全体の数パーセントで、90数パーセントは幽が占めることがわかっています。ここにも「5対95則」が当てはまります。

★

顕と幽の関係は、まさにパソコンと同じです。

パソコンは、キーボードで情報をインプットし、本体がそれを処理し、処理したものをディスプレーに映し、プリンターで印刷またはネット発信し、ロボットや装置を動かします。これを顕と幽の関係に置き換えると次のようになります。

キーボードで情報をインプットするのは顕で、インプットされた情報を処理するパソコンの本体は幽の中にある魂ということになります。

そして、本体で処理されたものを映すディスプレーやネット発信は顕の働きで、それによって動くロボットや装置は身体というわけです。

パソコンは一度に一つのプログラムしか処理することができません。私たちも、一度に一つのことしか考えることができません。不快なことがあったとき、何か別のことに打ち込むと、その不快なことは消え去り、悩むことがないのです。

私たちに取り付けられているのは、まさにパソコンなのです。

（2）身体は宇宙の一部。遺伝子が伝えるもの

―〝列島誕生〟（Ⅰ―4章）より

原生動物であったものが、何億年もかけて魚や鳥になり、次の何億年で恐竜や猿人が

誕生し、そして、さらに何億年を経て、現生人類が誕生しました。この期間はおよそ38億年とされています。

人は受胎してから生まれるまで、お母さんのおなかの中で、さまざまに姿を変えます。受精卵は成長すると、魚や鳥などの形に順に変化し、胚子期に人の形になります。「人体発生学」によれば、胎児には最初、鰓《えら》があり、その鰓から動脈や顔がつくられます。

つまり、人は胎内で、約38億年の進化の過程を、38週で再現しているのです。

ところで、母親の胎盤の組織を微視的に視ると、樹木がたくさん集まった林のようです（コチルドンといいます）。地上の林の景色が、そっくり母親の体内で再現されているのですね。

ちなみに、日本では一昔《ひとむかし》前まで、1から10まで数えるとき、ヒフミヨイムナヤコト、と言っていました。これは、「光（ヒ）から風（フ）を発して潮（ミ）をつくり、地殻（ヨ）を固めて草木（イ）を生やし、これによって虫（ム）を蒸し出して、魚（ナ）を発し、鳥（ヤ）に進んで獣（コ）に至り、人（ト）となって立つ」に由来するといいます。

この数え方は、この世が創られ、さまざまな生物がつくられ、そして人が誕生するまでの進化の過程を表しているのです。

★

人は現生人類として誕生して以来、進化し続けてきました。それに伴って人の身体の設計図である遺伝子も変化してきました。

顔かたちや体型は、主に親からの遺伝子で受け継がれますが、その遺伝子は生活習慣などによって変わります。例えば、昔より食べ物が柔らかくなった分、下あごの骨が小さくなったという変化があります。そして、それは遺伝子を変化させ、変化した遺伝子は次代に受け継がれるのです。

人と他の動物との遺伝子の違いは、ほんの数パーセントにすぎません。消化器官や血液循環などの仕組みは、どの動物もほぼ同じです。地球の重力に適応し、傷口をふさぎ、外から入ってきたウイルスは熱を出してやっつけるなど自己修復力が付与されていることも、他の動物とほぼ同じです。

まさに、人は他の動物と遺伝子でつながっているのです。

★

ところで、私たちの身体をつくっている炭素や酸素などの元素は、宇宙の天体をつくっている元素と同じです。この観点からすると、私たちの身体は、宇宙の天体、そして海や山、木や石、風や雨などとも繋がっているのです。

私たちの身体をつくっているすべての細胞や臓器には、宇宙の時を刻む時計（体内時計）が入っています。朝目覚め、夜眠りにつくのは、私たちが宇宙の営みの中にいる証《あかし》なのです。

ちなみに、南宋の儒学者朱子（１１３０～１２００）は、「人の身体は天地と並立する」と言いました。また日本曹洞宗の開祖道元（１２００～１２５３）は、「人の身体はそのまま全宇宙と一つである」と言いました。

（3）本体にインストールされるもの
――〝先遣〟（Ⅰ―3章）、〝人類の祖〟（Ⅰ―12章）より

古来、すべての人には宇宙の神様の霊《ひ》が止まっており（霊が込められている――分霊）、人を霊止《ひと》と表していました。霊と魂は同義です。宇宙の神様による魂留は、受胎したとき、波動によってなされます。魂留は、いわば、私たちに付けられたパソコンへのプログラムのインストールです。

★

まずは、人間として生きて行く上で必要な基本プログラムがインストールされます。その基本プログラムは、喜怒哀楽などの感情、視覚や聴覚、圧痛痒熱などの感覚、生理・運動機能、学習や記憶にかかわるものです。

基本プログラムには、顕と幽のやり取りにかかわるＯＳ（オペレーティングシステム）も入っています。

この基本プログラムは誰のパソコンにもインストールされますが、感情の起伏や、判断力、決断力（以上、気質）、そして、感覚の鋭敏さや生理機能、運動能力（以上、体質）は、人それぞれに異なります。

これは、インストールされるプログラムの波動が、宇宙の神様が座す宇宙のはるか遠くから、さまざまな天体の間を通ってやってくることに起因します。

ちなみに、古神道による一つの解釈によれば、宇宙の神様が座すとされるのは、地球から約八千光年のかなたとのことです。

天体は休むことなく宇宙空間を運行しています。その間を通ってくる波動は、時々刻々変化する天体の動きに影響を受け、微妙に変化するのです。

おまけに、地球は自転しています。緯度や経度の違いによって地磁気が異なるなどのことがあるので、そのプログラムの波動は地球のどこに向かうかでも、微妙に変化するのです。

私たちに付けられたパソコンには、その微妙に変化した（部分的に書き換えられた）プログラムがインストールされます。生まれた年回りや月日で人の気質や体質が異なるのはこのためなのです。

★

ついでですが、進化論を唱えた英国の生物学者チャールス・ロバート・ダーヴィン（１８０９～１８８２）は、犬、象や馬などの哺乳動物にも、人と同じように、喜怒哀楽、誇り、嫉妬や羞恥、恐怖などの感情、そして学習能力があることを首唱しました。哺乳動物に限らず、その他の生物も、感情や感覚、生理・運動能力にかかわるプログラムがインストールされているのです。

★

次に、誰のパソコンにも、四魂《しこん》のプログラムがインストールされます。四魂は、人の人格を形成するもので、和魂《にぎみたま》、荒魂《あらみたま》、幸魂《さちみたま》、奇魂《くしみたま》をいいます。

和魂は秩序、調和、誠実（義、礼、信）にかかわるものです。荒魂は意欲、信念、困難に立ち向かう勇気、努力にかかわるものです。幸魂は他への思いやり（仁）にかかわるものです。そして奇魂は進化向上、学習能力、思慮（智）にかかわるものです。

四魂は誰のパソコンにも全部まとめてインストールされます。ただし、これらの一つ、二つ、あるいはすべてが多く入っている人もいれば、少ない人もいます。四魂のプログラムの波動も、さまざまな天体の間を通ってくるので、時々刻々変化する天体の動きによって微妙に影響を受けます。

秩序と調和を大切にし、筋を通す人は和魂が多く入っています。目標をもって、力強く行動する人は荒魂が多く入っています。思いやりや気配りがある人は幸魂が多く入っています。進化向上を図ってよく学び、思慮深く、実務に長じた人は奇魂が多く入っています。

このように、四魂がどのようにインストールされるかによって人柄が異なるのです。

★

「大国主命が国づくりをしているとき、助っ人として大物主命《おおものぬしのみこと》がやって来た。この大物主命は大国主命の分身で、大国主命の幸魂と奇魂とされている」

幸魂は他への思いやり（仁）にかかわるものです。奇魂は思慮や進化向上（智）にかかわるものです。この文に見られるように、大国主命は、幸魂と奇魂がたくさんインプットされていたということです。

このお話は、国を治める人は、民への思いやり、そして思慮や進化向上の意欲が必要であることを示しています。

★

親は飲んだくれなのに子は利発で人望がある、親は社交的なのに子は引っ込み思案、親は落ち着いているのに子は騒がしい、兄は豪快なのに弟は臆病、姉は人を信じるのに妹は猜疑心が強いなど、親と子、兄弟、姉妹の間でも性格が異なるのは、どのように魂留がなされたか、によるのです。

時には、男としてつくられた身体に、女に多く見られる気質のプログラムがインストールされることがあります。この逆もあります。

ついでですが、犬や猫、象や馬などの動物も魂留によって体質や気質、性格が異なります。恥ずかしがりの犬や社交的な象がいる、などというのは、このためです。

★

魂留のさじ加減は宇宙の神様によります。宇宙の神様は魂留のとき、輪廻や宿命を加味します。また、政治家、学者、実業家、技術者、芸術家など、いろいろな職業の要素を魂留します。

★

そして、誰のパソコンにも、想念のプログラムがインストールされます。このプログラムは、一言でいうと、自分の想念を宇宙に発信するプログラムです。よい目標をもち、その達成を想っていると、その波動は宇宙の神様に届き、いつか必ず実現するのです。例えば、体が弱い人が人一倍頑健になり、運動が苦手な人がスポーツ選手になるなど、このプログラムによって、体質を大きく改善することができるのです。短気な人がじっくり構えられるようになり、引っ込み思案の人が積極的になり、怠けがちな人が努力家になるなど、このプログラムによって、もともと与えられた気質を大きく変えることができるのです。

また、四魂がどのようにインストールされていても、その人の想念によって魂留されたものを変えることができます。例えば、魂留された幸魂が少なくても、日頃、人に対して思いやりをもって接するようにしていると、幸魂は多くなります。この逆もあります。想念によって、人の魂は変化するのです。

こんな職業に就きたい、と想っていると、その職業に就くことができます。部屋をこんな風に飾りたい、と想っていると、それは実現するのです。

★

注意しなければならないのは、想念のプログラムにはフィードバック・システムが組み込まれていることです。

例えば、人に優しく親切にすることを想うと、人から優しく親切にされます。〝情けは人のためならず〟はこのことです。

他方、人を貶《おとし》め、裏切り、傷つけるなど、人に損失や危害を与える想念は、自分自身またはは子孫にフィードバックして、その想念と同じ目に遭うのです（輪廻、因縁）。

その想念の波動が宇宙の神様の波動に跳ね返され、返ってきた波動が自分の波動と共振してしまうのです。〝人を呪うとその呪いは、必ず自分に跳ね返ってくる〟のです。

★

忘れてはならないのは、誰にも、直霊《なおひ》のプログラムがインストールされることです。直霊のプログラムは、清らかで素直な心を持ち続け、過《あやま》ちを起こさないようにする、また過ちをおこしたらそれを悔い改めるプログラムです。このプログラムがインストールされているから、禊《みそぎ》が可能なのです。

また、直霊は、四魂を例にとると、秩序や調和（和魂）をおろそかにすると恥を感じさせ、意欲（荒魂）なく怠けると後悔させ、思いやり（幸魂）がなく人に危害を加えたりすると畏《おそ》れを感じさせ、学習や思慮（奇魂）が足りないと不覚を取らせるなど、過ちがあったら、それを改めるよう導きます。これが理性のもとになっているのです。

★

魂留によって私たちにインストールされるプログラムは以上のようです。繰り返しになりますが、これらのプログラムをどう使うかは、その人の想念にかかっています。

顔立ちや骨格など身体は親から遺伝子（物質）で伝えられる部分が多いですが、体質や気質などは、親から遺伝子で伝わる部分は数パーセント程度といわれています。まして輪廻や宿命は遺伝子では伝わりません。人格の90パーセント以上は、この世に誕生してからの、その人の想念によってつくられるのです。

宇宙の神様は、身体の継続性を伝える設計図として遺伝子をつくりました。酒が飲める、飲めないは遺伝子の問題ですが、酒を飲む、飲まないは想念の問題なのです。

そして、これらをもとに、相対的に自己を認識する、それが私なのです。

(4) インプット情報
―〝先遣〟(Ⅰ―3章)、〝列島誕生〟(Ⅰ―4章)、〝人類の祖〟(Ⅰ―12章) より

100百万人の人がいたら、100万通りの好き嫌いや幸不幸の基準、ものの見方があります。まさに人さまざまです。その違いは、一体どこからくるのでしょう。それは主に、この世に生まれてから見たり聞いたりしたことによって、自ずと身に付いてしまうことによります。

その身に付いたものは、その人の生涯の価値観になることがあります。何よりも、その人の想念の持ち方に大きな影響を与えます。

親をはじめ、兄姉、先生など年長者、育つ環境、友人、テレビ番組、ゲームその他、自分の周りのものから与えられる影響によって、好き嫌いや幸不幸の基準、ものの見方や価値観が異なったものになるのです。

★

困ったことに、私たちに付けられたパソコンには、入れた方がいい情報と、入れない方がいい情報が、好むと好まざるとにかかわらず、常に無差別にインプットされてしまうのです。

特に、人は受胎してお母さんのおなかにいるときから、小学校の低学年の頃までにインプットされる情報に注意が要ります。人はこの時期、自分の周りにあるものを選ぶことはできません。子どもを健全に育てるのは、親をはじめ、周りの人たちの価値観や言動にかかっているのです。

★

例えば、秩序や調和を大事にする親に育てられると、正義感があり、公平な判断ができる子になります。謙虚で誠実な親に育てられると、しっかりした子になります。思いやりをもって育てると、明るく人情味がある子に育ちます。優しく見守ってあげると、寛大で強い子になります。励まし、褒めると、意欲があり、努力をいとわず、自信をもてる子になります。

何よりも、木や草花などと接して自然の摂理を学ぶことにより、自発性や自主性がある、がまん強い子に育ちます。

こうして育った子は、生涯、もともとインストールされたプログラムを正しく使いこなし、宇宙の理に沿って、豊かな人生を送ることができます。

★

他方、心配性の親に育てられると、いつも不安で何に対しても心配する子になります。自分勝手で、好き嫌いの感情をすぐ表に出す親に育てられると、わがままで、すぐ切れる子になります。ものを与えすぎると、こらえ性が無い子になります。争いが絶えない家庭で育つと、乱暴な子になります。叱って育てると、自分は悪い子と思うようになります。高慢な親に育てられると、人を侮る子になります。狡猾《こうかつ》で卑怯《ひきょう》な親に育てられると、人を騙しても平気な子になります。

こうして育った子は、実は弱い子になります。悪はすべて弱さから生じるのです。欲望はその弱さに比例して増大するのです。

このように育つようであれば、早い時期に改めることです。改めないと、その子は、もともとインストールされたプログラムを正しく使いこなすことができなくなります。それどころか、そのプログラムに損傷を与えることもあるのです。それを改めるのは、周りの人とその子の想念です。

(5) ログイン、ログアウト

―〝迫害〟(I―10章)、〝人類の祖〟(I―12章)より

この世をネットワークとすると、私たちの身体の誕生はログインで、その終焉《しゅうえん》はログアウトと言えるのかもしれません。魂を載せた身体はログインによって、この世にお目見えし、ログアウトするまで、魂による操縦で、さまざまに活動する、というわけです。

人の魂はエネルギーを持つ不可視の粒子の集合で、長く生き続けます。身体のログアウトの後は、子孫が三代、四代を経るくらいまでの間、宇宙空間に存在します。その後、その魂は宇宙の神様がピックアップし、プログラムを入れて(魂留して)新たな身体に載せます。魂は、幾度も身体を乗り換えるのです。

ところで、全然見たこともないのに、あれ、この場面、前に見たことがある、と感じたことはありませんか。これは、自分の身体に入っている、前世の魂が知っていることが、ふと思い起こされる現象で、デジャビュ(既視感)といいます。

★

死後の世界などあるはずがない、魂の存在など信じない、と言う人は多いでしょう。

しかし、身近な人の死に接する時、誰もが、祖先や自然との繋がりの中で生きていることに思い至るはずです。

〝旅立つ〟、〝天国へ行く〟、〝冥福（死後の幸福）を祈る〟などと言いますが、これらは、あの世があることを肯定しているからこその言葉なのです。身体の死を他界といいますが、これは、とても適切な言葉なのです。

★

ちなみに、古代ギリシャの哲学者プラトン（前427～前347）は、ソクラテスの死に立ち会った際、「その身体から魂が抜け出ていくのが明らかにわかった」と言いました。スピリチュアリズムの創始者、エマヌエル・スエーデンボルグ（1688～1772）は、「人の魂は、身体が滅した後も、その人の個性を保持して存続する」と言いました。

今日、魂の存在を科学的に解明する研究（体脱科学など）が、欧米を中心に進められています。

★

この世での死を迎えた人は、たとえ身体は滅びても、魂は宇宙空間にあります。不幸にして流産によって、ログインする前に身体が死を迎えた人の魂も宇宙空間にあります。

その人に対しては、まず冥福を祈り、生前の様子や言葉を静かに想うことです。それが、その人への最高の供養になります。宇宙空間にある、その人の魂は、新たな身体に入る前であれば、いつも、故人を忍ぶ想念の波動を受けることができるのです。

3章 私たちに用意されているもの
—私たちが存分に活躍できるよう、神様が用意してくれたもの—

(1) 心と身体を動かすエネルギー
—〝宇宙の気〟(I—2章)、〝迫害〟(I—10章) より

元気、生気、気を入れる……。気という字は、たいてい、活力を表す言葉に入っています。気を辞書で引くと、宇宙に満ちている強い生命力や活力のもと、と出ています。「あしかひ」は、その気を象徴するものです。

私たちは、身体に気を取り込み、それを全身に巡らすことによって細胞一つ一つが活

力を得ます。気を取り込む身体の箇所をチャクラといいます。代表的なチャクラは、頭のてっぺん、額、のど、胸、へそです。気を取り込まないと身体が衰弱してしまいます。これを気枯《けが》れといいます。

身体だけではありません、魂も気によって活力を得ます。私たちは、やる気になった、そんな気はないなどと言いますが、気は魂を元気にするもとなのです。魂は英語でspirit（スピリット）ですが、気もspirit（スピリット）です。

★

ちなみに、ヨガでは、宇宙の気をプラーナといい、これを有効に取り込む方法を教えています。気功は、気を取り込んで心身をより健康に鍛錬する方法をいいます。また、風水は、目に見えない気の動きを風や水の動きでとらえ、気をより多く取り込めるよう、私たちの住まいや庭など生活の環境を整えることをいいます。

それにしても、広大な宇宙空間に宇宙の気が満ちているなんて、古代の人の知恵には本当に驚かされますね。

（2）潜在力を引き出す力
―〝列島誕生〟（I―4章）より

ヌホコは、火山など自然界の諸々をはじめ、人や動物、植物など生き物の潜在力を引き出す力です。持てる力を発揮させてくれるヌホコは「生を尽くす」魔法の力です。たいていの植物は、根から地中の水分を吸収し、葉で光を浴びて炭水化物を作り成長します。精一杯枝を伸ばし、葉を茂らせるのは、植物が生を尽くしている姿です。春は桜の花が咲きます。そもそも、花は生命のサイクルによって咲くのですが、実は、それは桜の木が最大限、潜在力を発揮している姿《すがた》なのです。

野菜や魚などに旬があるのは、その季節にヌホコが野菜や魚などの潜在力を最大限、発揮させているのです。果実も、ヌホコによって実ります。私たちの食べ物は、ヌホコのおかげで育ったものなのです。

スポーツ選手が全力を出す姿は、見ていて気持ちがいいものです。それは、スポーツ選手がヌホコを得て潜在力を発揮しているからです。

私たちが桜を見に行き、スポーツの試合を見に行くのは、実は、それらがヌホコによって「生を尽くす」姿を見るためなのです。言い換えると、それらを見ることによって、私たちはヌホコを感じているのです。

★

〝火事場の馬鹿力〟という言葉があります。これは、火事のとき、高齢の女性が力士でも持てないくらい重い箪笥を持って逃げた、という逸話をもとにつくられた言葉です。これは、ヌホコが作用したことを表す典型的なお話です。

記憶力、計算能力、分析力、器用さ、粘り強さ、忍耐力なども、私たちが潜在的に持っている力です。これらを喚起するのもヌホコです。

日本人はこれまで、石垣や城、寺院など巨大な建造物をつくってきました。世界の先端技術を支える精密機器や部品、ロボットなどをつくってきました。日本人はこれからも、世界に誇るものづくりの力を発揮すると思いますが、その力を引き出すのはヌホコです。まさにヌホコは、宇宙の気を活かすもと、元気をもたらすもとなのです。

何にせよ、よいことに生を尽くしている姿は、とても美しいものです。

（3）成功をもたらす救いの手
——〝列島誕生〟（Ⅰ—4章）より

仕事をしているとき、あるいは勉強しているとき、ひらめき（inspiration）や直観を得て、すらすらと、ことが運んだという経験はありませんか。

例えば、数学の問題を解いているとき、突然ひらめいて解答がわかる、ということがあります。ものづくりをしていて、それまでとは違う工具の使い方によって、望んでいる製品が完成した、ということもあります。

古代の人は、こうしたひらめきや直観は宇宙の神様が与えてくれるもの、と考えていました。さまざまな局面で与えられる、この宇宙の神様による天啓や天佑をフトマニといいます。

日頃、気づかないことに気がつく、あるいは、直観が働くのはフトマニによるのです。

ちなみに、「生は絶え間のない創造的な活動である」としたフランスの哲学者、アンリ・ルイ・ベルグソン（1859〜1941）は、直観主義を提唱してノーベル賞を受賞しました。

フトマニは宇宙の神様による救いの手です。そして誰もが、仕事や勉強で行き詰ったとき、フトマニを得て、それを乗り越えているのです。

★

宇宙に神秘を感じる人は多いです。その解明は今日、ノーベル賞につながる研究の対象でもあります。これまでお話ししましたが、その神秘の扉は、古代の人によってすでに開けられていました。古代の人は、フトマニによって、宇宙の哲理を見出していたのです。

たいていの発明者や発見者、改革者は、フトマニによって斬新なアイデアを出すなどして、成功しているのです。そして、宇宙の神様は、一度与えたものを変更することはありません。

一つの例ですが、自動車はアクセルを踏むとスピードが出る仕組みになっています。この仕組みは変わることがありません。このように、フトマニによって与えられたアイデアは、未来永劫、有効なのです。

★

困ったときに助けてくれる人が現れるのも、フトマニのおかげです。

「古事記」の中巻に、「熊野から大和に入る険しい道で途方に暮れていた神武天皇は、天から遣わされた八咫烏《やたからす》の案内を得て、先に進むことができた」というお話があります。神武天皇は、進む道がわからず、途方にくれているとき、フトマニによって案内人が現れたのです。

ついでですが、古伝によれば、このお話に出てくる八咫烏は、烏《からす》の鳥ではなく、あたかも足が何本もあって空を飛び跳ねるように速く歩くことができる賀茂建角身命《かもたけつみのみこと》、または日出彦命《ひでひこのみこと》とされています。

何らかのことを為すとき、支援してくれる人が現れるのは、フトマニによるのです。

★

本屋に行って、何気なく書棚から取り出した本が、自分が必要とする本であった、ということがあります。こうした出会いもフトマニによります。

テレビをつけたら、仕事のヒントになる映像や言葉が出てきた、ということもあります。これもフトマニのおかげなのです。

電話したら懸案であったことが解決した、ふと、その電話をかける気になった、というのもフトマニによるのです。

危険を何となく回避して遭難を免れるのも、フトマニによります。

フトマニは、宇宙の神様がそれを必要とすると認めた者に与えられます。

（4）神様との通信チャンネル
――〝禊〟（Ⅰ―7章）より

自分は自力でやってみせる、神仏は信じない、と言って頑張る人がいます。しかし例えば、神の手を持つと称される外科医は、大手術の前には必ずその成功を祈るといいます。世に役立つ大きな仕事をした人は、たいてい、神仏に真摯《しんし》に祈って助けを得ています。

もちろん、自助努力を欠かすことはできません。ことの大小を問わず、自助努力と神様の助けという相反する二つが合わさることによって、ことが成就するのです。

祈りは、具体の願い（想い）の波動を宇宙の神様に送る行為です。祈りは、いわば、宇宙の神様との通信なのです。

★

私たちは神社やお寺に行って、願いが叶うよう祈ります。神社には神代《かみよ》の神様をはじめ、その土地の神様、偉人などが祀られています。一方、お寺には阿弥陀如来や観音菩薩などの仏像などがご本尊として置かれています。

神社には偶像などは一切置いてありません。そこにどなたが祀られていようと、願いの波動は宇宙の神様に直接届きます。一方、仏教のお寺では、いうならば、ご本尊が私たちの願いの波動を中継して宇宙の神様に届けてくれるのです。

★

ついでですが、お釈迦様は仏像を造ることを禁じていました。今日、仏教のお寺には必ずご本尊として仏像が置かれています。それは紀元前4世紀のアレキサンダー大王のインド遠征がおおもとになっているようです。その時、アレキサンダー大王は多くのギリシャ人を連れていきました。彼らはガンダーラ（現パキスタン北西部）に定住し、ギリシャ文化を根付かせました。そのギリシャ人たちが釈尊の姿を像にしたのが仏像の始まりだそうです。日本に伝わっている仏像の顔かたちが、どこか古代ギリシャの彫刻に似ているのは、このためでしょう。

★

教会に祀られているのは、イエス・キリストとその母の聖母マリアです。教会ではキリストや聖母マリアが、願いの波動を宇宙の神様に届けてくれます。

お寺や教会のこうしたやり方は、長い年月をかけて築き上げられたものです。

私たち自身が宇宙の神様の分霊ですから、私たち自身が、例えば空に向かって願いの波動を送っても、それは宇宙の神様に届きます。

とどのつまり、どこで祈ろうと、願いの波動は宇宙の神様に届きます。宇宙の神様は、あらゆるところに、通信チャンネルを用意してくれているのです。

★

私たちはそうやって願いますが、実は、宇宙の神様も私たちに願っています。宇宙の神様の願いを叶えようと努力する人には、神様は微笑んで、願いをすぐ叶えてくれます。

宇宙の神様の願いを無視する人には、神様は苦虫を噛みつぶしたような顔になって、願いの実現をずっと後回しにします。

では一体、宇宙の神様の願いって、何でしょう？

それは第一に、**自立**、**秩序**、**調和**、**進化**、**安定**の言葉で示される宇宙の理《ことわり》に沿って私たちが生きるよう、努力することです。そして、自分の願いの前に、まずは、世の平和と人々の幸せを祈ることなのです。

★

宇宙は、宇宙の理《ことわり》の波動を発しています。同じ波動は共振して引き合います。私たちが宇宙の理に沿う生き方を志向すれば（想えば）、自ずとその波動が私たちから発せられ、宇宙の波動と共振するのです。何よりも、その宇宙の理は、私たちに、理性のもととして魂留《たまづめ》されているのです。

いくら必死に願っても、いくらお賽銭をたくさん出しても、宇宙の理に沿う生き方を志向しなければ（想わなければ）、宇宙の神様はウンともスンとも言ってくれません。

他人を貶《おとし》めたり、呪ったりする願いの波動は跳ね返され、結局は自分に返ってきます。

まずは、神様が願っていることを私たちの願いとすることが、神様の願いなのです。

Ⅳ　人生に活かす「古事記」

——生を尽くす〝7つの知恵〟——

1章　活かそう「5対95則」！
―ここ一番のとき、パワーを全開にする秘策―

大勢の前で何かをするとき、試験を受けるとき、大事な人と会うときなど、ここ一番というときは、とても緊張して変に力が入ってしまい、持てる力を十分に発揮できないものです。

一流の俳優や音楽家、スポーツ選手でさえ、特別な場で演ずるとき、あるいは記録に挑戦するときや大事な競技に臨むとき、とても緊張するそうです。

身に付けた技能を伸び伸び披露しようというのではなく、はたして自分はうまくやれるだろうか、自分は人からどう観られるだろう、失敗したらどうしよう、などの想い、すなわち邪念が、そうさせるのです。

逆に、自信満々で、自分は負けるはずがない、恰好いいところを見せてやる、などと意気込むのも邪念です。そんな想いを抱いて臨んでも、自分の力を十分に出すことはできません。

そんな時、「5対95則」を活かすことによって、もてる力を十分に発揮できるのです。

邪念は、自分勝手な想い、本筋からそれた自己中心の想い、煩わしい想いのことです。

他方、心を普段どおり平静にしている状態を平常心といいます。

★

ここ一番のとき、ことに臨む気構え、気魄は必要ですが、自分を恰好よく見せようなどと想わず、平常心で、ごくありのままの自分でいると、潜在力を引き出してくれるヌホコがたくさん作用して、持てる力を存分に発揮できるのです。

幕末に活躍した無刀流の祖、山岡鉄舟（１８３６～１８８８）は、「何としても自分は勝つ、負けるまい、などと意気込まず、平常心で、ごく普通に振る舞うことだ」と言い、実際にそれによって相手の動きがよく見え、幾多の勝負で勝利したといいます。

★

花は、誰が見ていようが、見ていまいが、美しく咲きます。それが、花を咲かせる意思を持っているからです。アスファルトの隙間から、たくましく芽を出すのも、その植物が成長する意思を持っているからです。ヌホコは、そうした意思があるところに大きく作用します。

人は生まれ、成長し、活動します。誰もが成長と活動の意思を持っているので、とりあえずヌホコは作用します。しかし邪念があると、それは、わがまま、高慢、狡猾《こうかつ》、卑《ひ》怯《きょう》、嘘、貪《むさぼ》り、侮《あなど》りの七癖をもたらす要因になり、宇宙の神はそっぽを向くので、ヌホコはあまり作用しないのです。

★

邪念と平常心との関係は、実は「5対95則」です。

邪念は、意識全体の数パーセントである顕における想念です。一方、平常心でいるのは、意識全体の90数パーセントを占める幽に心を開放している状態、つまり自分を無にしている状態です。

ところで、宇宙の約95パーセントを占める目には何も映じない空間には、エネルギーが満ちています。「宇宙の気」のところでお話ししましたが、そこには、天体を引き寄せる力と、逆にエネルギーを宇宙空間の隅々に行き渡らせる力が同時に存在しています。

平常心でいるとき、人の本体（魂）は、いわば、この空間に入っているので、宇宙のエネルギーをより多く取り込むことができるのです。また、自分の意思で学芸や技芸などを身に付ける力（引き寄せる力）と、その身に付けた学芸や技芸を発揮する力（エネルギーを行き渡らせる力）とを、十分に持つことができるのです。

とはいえ、邪念を打ち消して平常心に、と言っても、そう簡単にできるものではありません。

脳科学によれば、邪念は、前頭葉や大脳辺縁系などの働きとされています。脳から前頭葉や大脳辺縁系をはずすことなどできません。つまり、邪念は、どんなに頑張っても、脳の構造上、消し去ることはできないのです。

★

他方、人は、ただ一つのことしか想うことができないようにつくられています。ここ一番のとき、何か煩わしいことを想ってしまったら、無理にそれを消そうとせずに、他のこと、例えば自分の好きなことや楽しいことを想えばよいのです。好きなことや楽しいことを想うと、リラックスでき、頭に浮かんだ煩わしい想いは消え去ってしまいます。

例えば、ここ一番のとき、これが終わったら美味しいものを食べよう、観たい映画を見よう、などと想えばよいのです。一瞬にして、煩わしい想いは好きなことや楽しい想いによって上書きされ、平常心になれるのです。

名将と言われたプロ野球の三原監督は、ここでヒットを打たれたら負けて優勝を逃すというピンチに震《ふる》える投手に、技術的なアドバイスを与えず、叱咤激励もせず、ただ、試合が終わったら一杯やろう、とだけ言ったそうです。その一言によって、その投手はリラックスでき、持てる力を発揮して、ピンチを切り抜けたといいます。

★

何にせよ、まずは、素《す》の自分になる、つまり肩書きや実績などに拠らず、平常心《へいじょうしん》で、自分が身に付けたよいものを他に伝える、という想いをもって臨むことです。これにより、自分の持てる力を十分に発揮できるのです。

そのような状態で、勉強や仕事に打ち込むと、最大の成果を上げることができます。ものづくりの場合も同じです。平常心で、純粋にものづくりに専念するとき、とてもよいものができます。一例ですが、江戸前期の僧、円空《えんくう》（１６３２〜１６９５）が彫った仏像からは、気がほとばしる感があると言われます。それは、彼がひたすら無心に仕事をした証《あかし》なのです。

自分を救うのは、結局は自分の想いなのですね。

★

参考までに、ですが、私たちが摂取するカロリーは、基礎代謝や運動のために消費されます。脳は一日に約４００キロカロリー消費するそうです。脳科学で明らかにされていますが、消費されるカロリーの約95パーセントは、意外にも、考えをめぐらせたり、記憶したり、というように、脳が活動しているときではなく、平常心でごく静かに想いをめぐらせているときに消費されるそうです。

活動しているときと、リラックスして静かに想いをめぐらせているときの、脳が消費するカロリーの割合は、まさに「5対95則」なのです。煩わしい想いを抱かず、ごく普通に、リラックスして想いをめぐらせているとき、脳のパワーは全開になるのです。

★

願いは叶うといいます。平常心でリラックスしているときに、その願いが叶ったときのことを具体的に想えばよいのです。リラックスしているとき、想いのパワーは全開になるので、その願いの波動は宇宙の神様にしっかりと、しかも速く届きます。例えば、お風呂に入ってリラックスしているときに、願いの波動を送るのは、その願いを実現させる上でとても効果的なのです。

他方、あまりに強く、また自己本位に願いの波動を送っても、宇宙の神様は関心を示さないので、ほとんど効果はありません。場合によっては、宇宙の神様に跳ね返されます。自我を捨てて、ごく普通に、心静かに、よい願いを具体的に、ああなるといい、こうなるといい、これができるといい、などと想っているのがいいのです。

神社やお寺で祈るときも同じです。ごく普通に、あまり力を込めずに、ゆったりとよい願いを想いに載せるのが、祈りのコツです。祈りは、それが達成されたときの喜びを得るために、宇宙の神様に身をゆだねる行為でもあるのです。

2章　邪念を逆手に取る！
―モチベーションのもとはマイナス要因の中にある―

多くの人は、人より多くの富を得、いい家に住み、高価なものを持ち、高い地位に就きたい、高名になりたいなどと想っています。そして、その関係性の中で世界を観ています。

こうした、いわば自分中心の目先の利益にとらわれる想いは、まさに邪念です。ではあるのですが、実は、宇宙の神様はその邪念に、やる気を出させ、元気を出させる効果を持たせているのです。

邪念は、意識全体の数パーセントに当る顕の中における想念ですが、実は、多くの場合、その想念の大部分は物欲、支配欲などをはじめ自分の利益の追求で占められています。その想念の中で、人は欲しいものを掘り起こしているのです。

自分の利益を追う想いは邪念です。しかし、その一方で、純な気持ちで目標を設定し努力する意思をもつことは、「5対95則」の95（空）に心を開放している状態なのです。

例えば、課長になれば、これだけの影響力を持てる、ならば課長になってその影響力を行使して世に貢献しよう、これだけの財があれば、事業を拡大して世に貢献できる、あるいは、あの学校に入ると、世に役立つことを学べる、などの目標をもつことは、実は、宇宙の神様が望むところでもあるのです。

いうならば、自分の目標を設定するとき、邪念を逆手にとるのです。

よい目標を持ち、その達成を望む意思がある限り、多少いきづまっても、それを乗り越える力が与えられます。たとえ奈落の底に落とされても、這い上がる力が与えられるのです。

宇宙の神様は、ここでも相反する二つを共存させているのですね。

★

ところで、例えば、より上の立場に立つことを求めるとして、その立場にふさわしい人間力を培っておかなければなりません。そして、その地位を得たら、それを世のために活用しなければなりません。そうしないと、宇宙の神様は、すぐにその地位を召し上げてしまいます。大きな力を得たら、それを善くつかうことが求められるのです。

人を騙《だま》し、あるいは狡猾で卑怯な手をつかって上の地位を得たとしても、長くその地位に留まることはできません。日頃、誠実に謙虚にふるまい、努力していると、ごく自然に出世し、その地位はゆるぎないものになるのです。

この世で、その人に必要なものは、必要な分だけ、宇宙の神様が与えてくれます。よい目標に向って努力する意思を持つことが何よりも大切なのです。

3章　内面から輝こう！
―オーラは想念の持ち方一つで変わる―

何をするにしても、必ず人柄が現れます。その人のそれまでの人生が現れる、と言ってもいいでしょう。例えば、ピアノで同じ音を弾いても、弾く人によって、豊かな音になることもあれば、キンキン響くだけということもあります。それは、弾く人の人柄によるのです。

何よりも、人柄はその人の顔（特に目）や声に現れます。いくら取りつくろっても、それは可視化、可聴化され、常に人前にさらされるのです。

私たちは顔（目）や声で、その人の人柄を判断できます。名奉行と言われた大岡越前守は、目を閉じて容疑者の声を聴き、その声のトーンをもとに、言っていることが真実か嘘かを判断したといいます。

★

私たちは、生まれたときは穢《けが》れがない真人《まひと》で、本体（魂）は、光を発する澄明な珠《たま》です。それは光り輝いています。

一方、その人の来し方や環境、そして想念によっては、その珠に、わがまま、高慢、狡猾、卑怯、嘘、貪り、侮りの七癖、怒りや凶暴などの悪の要因が入り込みます。悪の要因が少しでも入ると、珠はにごります。悪の要因がたくさん入ると、珠はどす黒くなります。珠の輝き方は、その人の内面の輝き方と同じなのです。

★

人が出す波動は、大きく、他に快を感じさせる善の波動と、不快を感じさせる悪の波動に分けられます。

善の波動は宇宙の理《ことわり》の波動と共振します。それは、至福感をもたらすので、とても心地がいいものです。善の波動は木々や草花などの波動とも引き合います。そして、周りの人たちから好意をもたれ、協力を得ることができます。そして、仕事の成果が上がり、成功を導くのです。

他方、さきほどの七癖をはじめ、自分勝手、強欲、いらだちや怒り、凶暴などは悪の波動です。他から受ける波動が悪の波動で、自分の波動と合わないときは、ラジオの局間ノイズを聴くのと同じで、とても不快になります。悪の波動を受けると、ストレスがたまり、免疫力や筋力を低下させ、老化を早めるグルココルチコイドなどのホルモンが分泌されます。悪の波動を出すのは、神の禁忌なのです。

こちらから憎しみや復讐などの波動を出すと、相手を不快にさせるだけではなく、その波動は自分に跳ね返ってきます。自分が出した波動によって自分自身が、身体によくないホルモンを分泌させるのです。

善の波動、悪の波動、どちらの波動を出すかは自分の想念によります。それは私たちのオーラになり、人柄を他に印象づけるものになるのです。

人はそもそも善の波動を出します。悪の波動を出すようになったら、すぐにそれを改めなければ、人生をスポイルすることになりかねません。★

そのようなときは、真摯に、他人を不快にしたことを反省し、善に還るよう願うことです。これはまさに、禊《みそぎ》です。実際、そう想うだけで、一瞬にして、悪の波動が出なくなるのです。宇宙の神様は、深く反省して善を求める人を、必ず救ってくれるのです。

宇宙の理に沿って行動すると、目が澄み、顔が明るくなります。そして内面から輝くようになります。爽やかで温かい、しかも力強さを感じさせるオーラが出ます。

4章 まずは自立しよう！
―自己紹介で話すこと―

皆様は自己紹介のとき、何を話しますか？

名前、年齢？ 親や親戚のこと？ 出身校、学んだこと？ 仕事、勤め先 それとも、夫、妻、子どものこと？ 友人、知人？ 趣味、特技？

まず名前ですが、これは単なる記号にすぎません。また、年齢は取り立てて言う必要はありません。私たちはつい、若いことに価値があると考えがちです。しかし、人は75歳から85歳が、ゴールデンエイジというくらいで、高齢になってから新しいことを始めて成功する人はとても多いのです。それに、80歳、90歳になってからでも、筋力を上げることができます。

次に、親兄弟ですが、親をはじめ幼少期に周りにいる人たちは、自分の感性や気質の形成に少なからず影響を与えるので、それらは、自己紹介の一部にはなります。しかし、親や親戚が、社会的立場が高い、あるいは金持ちであったとしても、それは自分とは何ら関係はありません。親や親戚の自慢、家柄の自慢をしても、冷笑されるだけです。

出身校や勤め先などは、そこに一時期、身を置いたところ、というくらいの意味しかありません。それを目指して頑張ったことは評価されるかもしれませんが、一流大学を出た、一流企業に勤めている、などと得意げに話す人は、周りを白けさすだけです。

夫や妻、子どもは家族ですし、友人や知人は共に相和《あいわ》す人たちですが、その人たちのことを話しても、あまり自分自身の説明にはなりません。

これらは、自分の外側に貼りついているものです。自分の本質でないことを話しても、何ら、自己紹介にはならないのです。

他方、学んだことや、今やっていること、あるいは趣味、特技など、自分が身に付けた技芸や、好きなことは自己紹介になります。これからやりたいこと、やってみたいことも自己紹介になります。

つまり、自分の本体にインプットしたもの、あるいは、これからインプットしたいものを語るのが自己紹介の基本なのです。

★

自分はこれだけ儲けた、人よりも一段上の立場にいる、ブランド品をたくさんもっている、知り合いに有名人がいる、などと自慢する人は、とても自立した人とは言えません。

人それぞれに、価値観が異なります。こうでなければダメ、と自分の価値観にこだわり、他の人の考えを排除する人は自立した人ではありません。

人それぞれが持っている価値観をとりあえず受け入れ、人の痛みを理解し、また、自分の本体にインプットしているものを客観視できる人が、自立した人と言えるのです。

禊をする前の須佐之男命のように、自分勝手に行動し、注意されることを嫌がり、感情をあからさまに表に出す人や、思い込みが激しく、また被害妄想的なふるまいをする人は、単なるわがままなだけで、全然、自立していません。

★

世の中は思うようには進みません。何らかの目標を立て、それに向かって進んでいる間には、大なり小なり、うまくことが運ばないときが多々あるものです。そんなとき、やる気を失い、自信をなくし、厭世的になり、少しのストレスでも心がくじけたりします。

うまくことが運ばないのは、宇宙の神様が与える試練なのです。その試練によって、その人を発憤させ、忍耐強くさせ、それまでできなかったことができるようにさせるのです。

ウイスキーは、厳しい冬を越えるたびに熟成の度が増します。麦は、若芽のとき踏みつけることによって、強い風にも飛ばされない、しっかりした麦に育ちます。

なにしろ、地球は、灼熱のマグマの塊の状態であったときに、何万回も彗星が衝突した（試練を与えられた）から、美しい水の惑星になったのです。

★

人は飢餓の状態のとき、長寿ホルモンが分泌するといいます。ものが不足していると き、他人を思いやる心が育つといいます。苦しみや痛さを知っている人ほど、温和で芯が強い人になるのです。

目標が大きいほど、大きな試練が与えられます。ときには何かを犠牲にしなければならないこともあります。敢然と試練を受け入れ、いかなる状況にあっても主体性をもって、ひたすら努力する人、また、迫害や誹謗《ひぼう》、中傷《ちゅうしょう》に耐える人が自立した人です。

人は何歳からでもやり直しができます。活動している間、必要なエネルギーが途絶えることはありません。

★

人の人生は、盛衰、浮沈など相反する二つからなります。順調にことが運んでいるときもあれば、悲嘆にくれるときもあります。誰からも相手にされなかったのに、一躍脚光をあびることもあります。得意の絶頂にいたのが、突然、奈落の底に落ちるような事態になることもあります。ハッピーなことがあれば、災いもあるのです。

今悲しくても、いつか必ず嬉しいことがやってきます。プラスがあればマイナスがあり、マイナスがあると必ず次にはプラスがあるのです。

人の気分を滅入らせるものを反価値（ここでは、カタカナでハンカチと書きます）といいます。

この世は、価値とハンカチの相反する二つが併存しています。苦しいことや、失敗と挫折、落ち込みが連続すると、ハンカチの印象が強くなって、つい自分を否定的に考えてしまいがちです。でも、実は、ハンカチは、必ず将来よいことがある前兆なのです。ハンカチは、自分が自立するためのものであり、よりよい人生をクリエイトするために、欠かせないものなのです。

★

自らを愛《いと》しと思って労苦を避ける人、こびる人、保身を図る人、自分をあわれむ人、他をうらやむ人、自己中心に行動する人、人の意見に左右される人、人を批判する人、自己弁護する人、人の目を過剰に気にする人は、たとえ、定職や収入があって、家族の生活を支えていても、とても自立した人とは言えません。

★

5章　運は自分で切り開こう！
―人の将来は宇宙の神様もわからない―

この世は相反する二つからなることや、この世が宇宙の営みと相似象であることは宿命です。すべてのものは粒子でできていて波動を出していることも宿命です。宿命は宇宙の神様が決めたことなので、変えることはできません。

人は宇宙と繋がっていて、その中で、私たちは宇宙の神様に魂留《たまづめ》されて生まれ、この世に生きて活動し、死を迎えます。これは宿命です。生きて活動する間、宇宙からエネルギー（気）とヌホコ、フトマニをもらう仕組みになっているのも宿命です。人柄が顔や声に現れるのも宿命です。

★

ところで、人を苦しませ、悲しませ、不快にする行為は、カルマ（業）となって宇宙にプリントされます。それは、自分または子孫に還り、同じ苦しみや悲しみが与えられるのです。つまり、輪廻です。輪廻も宿命です。

他人を騙《だま》しあるいは弱みに付け込んで金もうけをしたら、自分または子孫が、人から同じようにされて大損するのです。親を悲しませると、自分または子孫が、子から悲しくなる行為をされるのです。このように、カルマを背負うことは宿命です。

多かれ少なかれ、誰もがカルマを背負っています。宇宙の理《ことわり》に沿う生活をしていれば、自分も子孫も、カルマを背負うことはありません。どころか、自分も子孫も宇宙の神様に祝福されます。他方、自分勝手な人、わがままな人、先にお話しした七癖などがある人の場合は、えてして、自分や子孫が、カルマをたくさん背負うことになります。

生まれながらにして幸、不幸が決まっているのは、主に、このカルマによるのです。

★

カルマによって苦しみや悲しみを受けることを、カルマの刈り取りといいます。人はカルマを刈り取るために生まれてきた、と言ってもいいでしょう。

カルマは一種の試練ととらえることができます。カルマが大きいと、刈り取りに10年、20年、あるいはもっと長くかかることがあります。

今、さまざまな不幸にみまわれ、それはきっと前世のカルマに違いないと察したら、よし、それを受けてやる、という気概を持つことです。そういう時こそ、生きざまの見せどころなのです。決して後ろ向きにならず、カルマの刈り取りに頑張ると、宇宙の神様は、もういいだろう、と早めにカルマの刈り取りを終わらせてくれます。

カルマは形を変えて刈り取ることがあります。死に臨んで、大そう苦しむ人がいます。それは、カルマを刈り取っていることに他なりません。カルマを刈り取ることによって、天界に通じる雲梯《うなで》をよりスムースに上がる切符を手に入れることができるのです。

★

一方、運命は変えることができます。運命は人知を超えた天の作用だから、変えることはできない、とされますが、実は変えることができるのです。何故なら、想念の持ち方次第で自分の将来が変わるからです。それが運命です。大国主命が身をもって示したように、運命は自分がつくるものなのです。

今の自分は、過去に自分が想った姿なのです。やりたい職業、やりたい仕事を決めるのは、あくまでも自分の想いによるのです。

毎日が選択の連続です。営業をやっていたのに、開発をやってみたくなり、そちらに移るなど、それまでの仕事を、突然、変えることがあります。営業で成功するよう、宇宙の神様が助力してくれていても、当人が突然、それとは違う方向に進む、というようなことが多々あるのです。

人の想いは、さまざまに変わります。それによって進む道が変わるのです。まさに、運命は自分がつくるのです。実際、人の将来は宇宙の神様も予想することが難しいのです。

6章　いいホルモンを出して長生きしよう！

—愛の本質を知れば、すべてがハッピーになる—

愛という言葉から何を連想しますか。まずは、愛という言葉が今日どのように使われているか、みてみましょう。

隣人愛（貧しい者や弱者への愛）、親の愛（子への愛、親への愛、家族愛）、男女の愛、友人愛、師弟愛、帰属するところ（会社、学校、故郷、町、国）への愛、仕事に対する愛、好きなこと（趣味、嗜好品など）に対する愛、伝統的なもの（城郭、寺院建築、浮世絵、刀剣、伝統工芸など）に対する愛、「気」が入っているものに対する愛（職人技）、そして動物や自然に対する愛……。素敵なものや可愛いものも、愛という言葉の対象になっています。

白兎を救った大国主命のお話や、大国主命を死から生還させた母神のお話にみられる、隣人愛や親の愛の場合、相手からの見返りがなくても、こちらから愛の波動を惜しみなく送り続けます。

★

男女の愛、友人愛、師弟愛は、相手の波動と共振しないと、こちらから送った波動は素通りするか跳ね返されます。帰属するところへの愛は、自分の居場所を心地よく感じることに他なりません。仕事への愛の波動は、結局は世のために発するものなのです。

好きなことに対する愛は、自分の波動が対象とするものから発せられる波動と共振するところから生じます。伝統に対する愛、「気」が入っているものに対する愛、自然や動物に対する愛、素敵なものや可愛いものに対する愛も同じです。これらは愛という言葉よりも、好みという言葉が適当かもしれません。英語の like です。

★

このように、さまざまに、愛という言葉が使われますが、実は、「いつくしみ、思いやり、世話をする」が愛という言葉の本質なのです。これは、英語の love の原意でもあります。（以降、愛はこの意味とします）

愛の波動は宇宙の理（仁、礼）の波動と共振するので、それを発すると、自分も周りも、とても心地よくなります。他人のために愛をもって何かをするのは、自分を幸せにするもとなのです。自分が成功したかったら、人の成功を手伝うことです。

関連しますが、美という言葉は愛に通じます。美は心地よく感じられる行為や状態を言います。例えば、心地よく晴れた日は、英語で beautiful（美しい）といいます。

★

自然界には愛がたくさん存在します。例えば、樹林の木は、他の木が太陽の光を受けられるよう、間隔を空けて成長します。落ち葉は土に返って、他の植物の養分になります。テッポウエビは自分の巣穴を掃除し、ハゼにその巣穴を提供します。カバは、シマウマを助けて幅が広い河を渡らせます。これらは自然界における愛の姿です。

★

人は相手の立場や気持ちを推し量って思いやりを発揮するとき、即ち、愛の波動を発するとき、オキシトシンというホルモンが分泌されます。オキシトシンは、人と笑顔で接するときも、分泌されます。このホルモンは、恐怖や不安、ストレスを抑制し、精神を鎮め、快感をもたらす働きがあります。オキシトシンは信頼のホルモンとも呼ばれています。

オキシトシンは、人に優しくなり、人とのコミュニケーションを円滑にする効果をもっています。このホルモンは、80歳、90歳になってからも分泌されます。それにより、人は高齢になってからも身体が活性化し、周りの人たちと良好な絆を作ることができるのです。

このホルモンにはまた、感染症や炎症を防ぎ、傷ついた血管を修復する働きがあるといいます。病人やお年寄りを介護する人たちに感染症や炎症があまりみられないのは、その人たちの中でオキシトシンが分泌するためと思われます。カトリックの修道女、マザー・テレサ（1910～1997）は、多くの貧者や孤児、病人の救済に当たりました。マザー・テレサが90歳近くになるまで健康を維持できたのは、オキシトシンのおかげと思われます。

★

優しく笑顔で人に接するとき、周辺がやわらかい空気に包まれます。自分も相手も和《なご》み、共に快を感じます。そのとき、双方共に、βエンドルフィンやセロトニンというホルモンが分泌されます。これも、オキシトシンと同様、双方の気分を爽快にし、リラックスさせる効果があります。

そして、ガン細胞などを退治しるナチュラルキラー細胞が活性化します。世のため人のために活動するときも、人は快を感じるようにつくられています。そして、同じように、βエンドルフィンやセロトニンが分泌されます。実際、そうした活動をする人は、このホルモンによって大きな癒《いや》しを得ることができるのです。自分から心を開いて相手を受け入れるときも同様です。

★

大きな仕事を任されるときは、やる気と元気を大きく高めるドーパミンというホルモンが多く分泌されます。

一方、人が不快になろうが、おかまいなく、人を憎み、嫉妬し、嫌うものを排除する、という言動をとるときは、コルチゾールというホルモンが分泌されます。あのとき、こうすればよかった、などと過去を悔いるときも同様です。また、人と激しく争うときは、テストステロンというホルモンが分泌されます。

これらのホルモンは、相手だけではなく自分自身にも大きなストレスを与え、体内に大量の活性酸素を発生させ、脂肪毒を貯めるので、病気や老化のもとになるといわれています。

また、人に対する怨みや怒りによる不毛な言動は、自分自身にも大きなストレスを感じさせます。このような場合、老化の原因になるグルココルチコイドというホルモンや認知症のもとであるβアミロイドなどが大量に分泌されるといいます。

★

このように、とにかく愛をもって人に接することによって、身体にいいホルモンが分泌され、心楽しく生き、健康のもとになるのです。一方、愛と対極にある言動をとると き、人は老化し病気を招きやすくなるのです。せっかく与えられた人生です。怨みや怒りでそれを台無しにしたら、私たちに「生」をくれた宇宙の神様に申し訳ないではありませんか。

7章　持ち味を活かそう！

――喜べ、それが私たちに与えられた使命――

私たちは何故、この世に生まれてきたのでしょう。

宇宙の神様は、世にいつも不完全な状態を与えています。ここでいう世は人の社会のことです。例えば、政治の不安定、争い、経済の停滞や教育の破たん、人心の荒廃など、何らかの不完全な状態を、いつも与えているのです。

私たちは、伊邪那岐命、伊邪那美命と同様に、その不完全な状態を、一人ひとりが力を合わせて、宇宙の理《ことわり》に沿う形に改善する（つくり固める）、というミッションを与えられているのです。

家庭、学校、会社、地域社会、そして国……、その世をよりよいものにつくり固める、私たちは、そのために存在しているのです。

★

宇宙とこの世は相似象です。宇宙では、一つひとつの天体が常に動いています。それは、宇宙を安定に向かわせるための運行です。地球や火星などの惑星は、太陽の引力下でそれぞれがバランスを保って運行し、太陽系というまとまりをつくり、宇宙の安定に向かって動いています。個々の惑星はその一員としての役割を担っているのです。

★

人の身体をつくっている約60兆個の細胞は、一つひとつが役割を担っています。その細胞が集まってできている血管や神経、臓器や筋肉、骨は、その細胞の働きをもとにその役目を果たしています。そして身体全体を動かしているのです。

宇宙と人の身体は相似象です。宇宙を人の身体とすると、一つひとつの天体は個々の細胞ということになります。そして、人の身体とこの世は相似象です。この世を身体とすると、個々人は個々の細胞ということになります。

個々の細胞がそれぞれの役割を担っているように、個々人は、決して背伸びすることなく、それぞれが分に応じて、世を安定させる役割を果たすことが求められているのです。

宇宙の神様から私たち一人ひとりに与えられたミッションは、それぞれが置かれた立場で、それぞれの持ち味を活かして、他の人たちと協力し合って世をよりよいものにすることなのです。このことは種を守る生物体として、自然な行為でもあるのです。

★

ユリ、ボタン、バラ、ツツジ、桜……。それぞれ美しいですね。どの花がより美しい？ 陽なたに咲く花と日陰に咲く花のどちらが美しい？ そんな比較はできません。どの花もオンリーワンの持ち味をもっているのです。そして、それぞれが世を美しくする意思をもって咲いているのです。

同様に、どのような立場でも、また仕事でも、それは、自分に与えられたものです。同じ仕事でも、人によってやり方が異なります。１００万人の人がいたら、１００万通りの仕事があるのです。

私たち一人ひとりが、それぞれの持ち分で、自らが進化しつつ、ひたすら仕事に臨むことが、宇宙の神様の意思なのです。

とどのつまり、私たちの天職は、人である、ということなのです。

★

世につまらない仕事は何一つありません。どのような役割にも意味があるのです。自分の仕事をつまらないと想ったら、ヌホコやフトマニを得にくくなります。それを面白くするのは自分次第です。

一人ひとりは小さな力ですが、夫婦、兄弟、友人、そして皆で力を合わせて、この世の不完全を改めることが求められているのです。

★

「生を尽くす」は、年齢に関係なく、いつも進化向上を図り、自分の持ち味を活かし、職分を尽くして、世に有益なものを提供することなのです。

若い頃から活躍する人がいます。80歳になってから画家として世に出る人がいます。１００歳で文壇にデビューする人もいます。年令には関係ありません。何歳からでも、自らが望む技を身に付け、世に自分の持ち味を発揮することができるのです。

どんな仕事でもいいのです。自立して地道に自分の道を歩き、人を思いやり、決してあきらめることなく、自分の活躍の場を自分で掴み取る、そして、それぞれに目標を達成したとき、私たちの魂はとても喜ぶのです。

喜べ、それが宇宙の神様から私たちに与えられた使命なのです。

おわりに

「古事記」の神話には、「生を尽くす」ための心のあり方を学ぶ「人間学」が示されています。そこには、失敗だらけの人生、〝たら、れば〟オンパレードの人生を、輝かしいものに変えるヒントが示されているのです。

私たちは日頃、気がついていないが、心の奥底の魂が知っている、もっとも大切なことを呼び起こしてくれる、それが「古事記」です。

音楽はポップス、ロック、カントリー調など、時代によって流行が変わります。でも、クラシックのピアノ練習曲で学ぶ音楽の基礎は、いつの時代も変わることはありません。「古事記」に学ぶ「人間学」は、まさに、このピアノ練習曲と同じです。古代の人も現代の人も、人の本質は、何ら変わるところがありません。「人間学」も、何ら変わることはありません。それは未来永劫、時代が変わろうが、世情がどう変わろうが、輝かしい人生を送るもとになるのです。

古代の人は、その基礎をしっかり掴《つか》んでいたのでしょう。相互にさまざまな価値観を容認しつつ、自分の生活信条をきちんと持ち、大らかに、互いに助け合い、思いやって、心豊かに暮らしていたようです。これが、いわば「やまと道《どう》」であり、心地よい世をつくるもとになっていたのです。

★

本書の執筆に当って、さまざまなご教示と励ましをいただき、「古事記」、「日本書紀」、「古伝」の解説資料をご提供いただいた、宮崎県日南市の駒宮神社、大和紫雲先生、そして校閲の労を取ってくださった鷲尾撤太氏に心からの謝意を表します。また、本書を出版していただいた悠雲舎グループ代表白滝一紀氏、同営業企画部長湯浅三男氏に篤く御礼申し上げる次第です。

（本書は、特定非営利活動法人「ミレニアム教育・環境研究普及協会」会報第1号（2013年10月）から第10号（2015年3月）に連載した、樫野紀元による「新説古事記」をもとにしています）

〈**参考文献**〉

佐久間靖之監修「ことばで聞く古事記」〈上・中・下巻〉青林堂
池田満「記紀原書ヲシテ」ホツマ刊行会
川副武胤「帝紀・旧辞」（国史大辞典）吉川弘文館
児玉幸多編「日本史年表」吉川弘文館
土橋寛「日本語に探る古代信仰」中公新書
池田満「ホツマ辞典―漢字以前の世界へ―」ホツマ刊行会
日立道根彦「神道基礎学」道ひらき出版
深野一幸「超科学『カタカムナ』の謎」廣済堂
スティーブン・ホーキング、レナード・ムロディナウ、佐藤勝彦訳「ホーキング、宇宙と人間を語る（原題：The Grand Design）」エクスナレッジ社出版
村上斉「宇宙は何でできているのか」幻冬舎
池田満編著「よみがえる縄文時代　イサナギ・イサナミのこころ」日本ヲシテ研究所
池田満監修、青木純雄、平岡憲人「よみがえる日本語―ことばのみなもと『ヲシテ』」明治書院
竹田恒泰「現代語古事記」学研パブリッシング
武光誠「歴史書『古事記』全訳」東京堂出版
村田右富実監修「わかる古事記」西日本出版社
山本明「地図と写真から見える！古事記・日本書紀」西東社
小出一富「人生が変わる古事記」海竜社

荒深道斉「綜合古事記純正講本」天降日之宮再建同志会出版部
荒深道斉「神之道初学」道ひらき出版
道ひらき本部「(日本書紀資料としての)古事記研究」第147号〜第155号
山口智「英和対訳神道入門」戎光祥出版
梅田伊和麿「古事記謹解総論」筑波山梅田開拓筵
梅田伊和麿「神伝古事記真解」筑波山梅田開拓筵
設楽博己「縄文農耕と弥生農耕」学士会会報第907号
藤尾慎一郎「新しい弥生時代像の構築」学士会会報第907号
安岡正篤「易と人生哲学」致知出版
竹村亜希子「『易経』一日一言」致知出版
「ウパニシャド」(世界の名著1　バラモン経典　原始仏典)中央公論社、
松尾剛次「仏教入門」岩波ジュニア新書
中西進「四つの聖徳太子暦」学士会会報第906号
魚森昌彦・樫野紀元「日本の技術と心」丸善
ヴィンフリート・ジモン「パウル・シュミットのドイツ波動健康法」現代書林
ヴィンフリート・ジモン「ドイツ発『気と波動』健康法」イースト・プレス
矢山利彦「気の人間学」ビジネス社
キャロライン・メイス、川瀬勝訳「7つのチャクラ」サンマーク文庫
大畑敏久「逆転を呼ぶ気功仕事術」扶桑社新書

江本勝「水は答えを知っている」「水はこたえを知っている②」サンマーク出版
浅見帆帆子「宇宙につながると夢は叶う」フォレスト出版
高森顕徹監修「なぜ生きる」1万年堂出版
左近司祥子、小島和男「面白いほどよくわかるギリシャ哲学」日本文芸社
「カント」（世界の名著32）中央公論社
「ルソー」（世界の名著30）中央公論社
河合隼雄「ユング心理学入門」培風館
C.G.ユング、小川捷之訳「分析心理学」みすず書房
河合隼雄「無意識の構造」中公新書
苧阪直行編著「意識の科学は可能か」新曜社
茂木健一郎「心を生みだす脳のシステム」NHKブックス
池谷裕二「脳には妙なクセがある」扶桑社新書
ドロシー・ロー・ノルト、レイチャル・ハリス、石井千春訳「子どもが育つ魔法の言葉」PHP文庫
加賀乙彦「科学と宗教と死」集英社新書
船井幸雄「未来への言霊」徳間書店
船井幸雄「有意の人」徳間書店
矢作直樹「人は死なない」バジリカ
坂本政道「人は、はるか銀河を越えて」講談社インターナショナル
村上和雄「人を幸せにする魂と遺伝子の法則」致知出版社

村上和雄、棚次正和「人は何のために『祈る』のか」祥伝社
パウロ・コエーリョ、山川紘矢、山川亜希子訳「アルケミスト」角川文庫
梅原猛「梅原猛の授業　道徳」朝日新聞出版
渡辺京二「逝きし世の面影」平凡社ライブラリー
山本博文「学校では習わない江戸時代」新潮文庫
田中美知太郎「ソクラテス」岩波新書
田中美知太郎、池田美恵訳「ソークラテスの弁明　クリトーン　パイドーン」新潮文庫
他

<プロフィール>

樫野紀元（かしののりもと）

「人間学」研究家　建築社会学者　工学博士　１級建築士

略　歴

東京大学大学院を出て（1974 ～ 2001）建設省入省（上級職・研究職）。

先端技術研究官、筑波大学講師併任－芸術学系、建設経済研究室長、研究部長を経て、公立前橋工科大学大学院教授（2001 ～ 2011）。

現在、NPO 法人「ミレニアム教育・環境研究普及協会（MEE・紀元塾）」代表。

著　書

<一般書>

「建築家になろう」（国土社）、「ピーワンちゃんの寺子屋」（悠雲舎）、「面白いほどよくわかる建築」（日本文芸社）、「日本の技術と心（共著）」（丸善）、「スカイツリー 45 の秘密（監修）」（青春出版）、「心を元気にする論語」（青春出版）他

<建築関連>

「すまいと日本人」（技報堂出版）、「鉄筋コンクリート造構造物の耐久性」（鹿島出版会）、「都市と建築の近未来（編著）」（技報堂出版）、「美しい環境をつくる建築材料の話」（彰國社）、「快適すまいの感性学」（彰國社）、「住宅建築のリノベーション（共著）」（鹿島出版会）、「日本の住宅を救え（共著）」（技術書院）他

受　賞

「日本建築学会賞」、「建設大臣賞」、「科学技術庁長官賞」他

< MEE- 紀元塾>

建設省に在勤中、ノルウエーに赴任（1980 ～ 81）。

海外から日本を観て、**“よき日本の再生”**を強く思う。

その後「MEE・紀元塾」（略称）を立ち上げ、現在、さいたま市、春日部市、東京を中心に「人間学教室」を主宰。

「親と子の論語」「ビジネス論語」「新論語」「ラーニング＆リボーン」「古事記に学ぶ宇宙の理」「人生相談＋人間学、社会を学ぶ」などの講座を開講。


（「MEE・紀元塾」でホームページ検索できます）

「生を尽くす」―「古事記」に学ぶ神秘の法則―

2015年11月11日　第1刷発行

著　　者　樫野　紀元©
発　　行　悠雲舎
発 行 者　白滝　一紀
発 売 元　金融ブックス株式会社
〒101-0021
東京都千代田区外神田5-3-11
電話　03（5807）8771（代表）

悠雲舎のホームページ
http://www.yuunsha.jp

©2015
ISBN978-4-904192-66-5　C1010

印刷・製本　モリモト印刷株式会社